Royal Kiss more

帝都初恋浪漫

～蝶々結びの恋～

蒼磨 奏

帝都初恋浪漫
～蝶々結びの恋～

Royal Kiss more

地獄の釜が開き、残酷な焔《ほのお》が全てを焼き尽くしていく

床を這い、とぐろを巻く酷熱の焔によりあらゆるものが跡形もなく灰燼《かいじん》に帰し

恐ろしい地獄の底では、生殺与奪の凡《すべ》ては暴虐の限りを尽くす焔に委ねられて

嗚呼、私の純真な恋心も、小指に結ばれた紅い糸ごと灰になった――

序ノ章　八重《やえ》と毅《しのぶ》

時は大正。春先に一時《いっとき》の栄華を誇る桜花が、葛城《かつらぎ》家の庭園で咲き乱れている。

日当たりのいい軒先で二人の男が碁盤を挟み、向かい合わせで座っていた。

そのうち一人は齢五十代半ばといったところで、松葉色の着流しに身を包み、煙管《キセル》を吸いながら悠然と胡坐《あぐら》をかいている。髪は短く刈り上げられていて、目つきの鋭さと精悍な面立ちには老いを感じさせない若々しさがあった。

もう一人は齢四十くらいの男で、巷で流行している洋装姿だ。正座をしながら真剣な表情で碁盤を見つめている。

対局は始まったばかり。碁盤には白黒の碁石がまばらに散っていた。

年嵩で着流しの男――葛城家当主、葛城貞《ただす》が黒の碁石をパチンと置いて口を開く。

「弥一《やいち》。新しい商《あきな》いの調子はどうだ？」

「上々です。反物だけでなく日用品や洋装を取り扱うようになってから客足が増えました。華族や政界の方々からの発注も増えまして、この調子なら、近いうちに店舗を増やすことができそうです」

「ほう。どうなることかと思ったが、お前は、やはり商いの才があるな」

「貞様が出資してくださったお蔭です。他の大きな呉服屋も欧米の〝デパートメントストア〟なるものを模した店を次々と開業しておりますし、あれほど大規模な店でなくとも、銀座の端に店舗を建てることくらいはできるかと。この流れに乗り遅れるわけには参りません」

「ふむ。私も出資した甲斐《かい》があるというものだ。杉渓屋《すぎたにや》とは長い付き合いだからな。お前の父……先代とも、よくこうして碁を打ち、語らったものだ。今後とも、よき関係を築いていければいいと考えている」

貞が笑みを零し、弥一と呼ばれた男も微笑む。

「ありがたいお言葉です。当方も、葛城家の方々とは末永くお付き合いさせて頂きたいと考えております。ぜひ今後ともよろしくお願い致します」

杉渓弥一。百年以上も前から続く呉服屋〝杉渓屋呉服店〟の当主だ。

巷で〝杉渓屋〟と称されて親しまれているこの呉服店は、歴代店主の実直な人柄と堅実な商いにより贔屓《ひいき》にしている顧客が多かった。

だが、先代の店主が亡くなった明治の終わり頃、それまでの好景気が嘘のような大不況が訪れて多くの企業が倒産する事態が起きた。

杉渓屋も時流に飲まれて経営不振に陥り、新たな商いに手を出そうにも資金繰りがうまくいかずに店を畳むかとまで悩んだ時期があった。

そこへ、古くから懇意にしていた葛城貞が出資を申し出てくれたのである。

葛城家は家系図を辿《たど》っていくと、とある華族の分家にあたり、現在は当主の貞が陸軍中将の階級を得ていた。爵位は持っていないが、いわゆる名家と呼ばれる家柄であり、経営難だった杉渓屋に出資できるほど財力も豊かだ。

弥一が白の碁石を置いた時、碁盤の真上をひらひらと舞う桜の花が横切っていった。

「時に、貞様。ご子息様が出世されたとお聞きしました。少尉になられたそうですね。おめでとうございます」

「ああ。出世は喜ばしいことだ。長男の毅《しのぶ》は優秀な軍人で、今後の軍にとって重要な人材となるだろう」

煙管を吸い、白い煙を吐き出した貞の視線が桜の木へと移される。その横顔には、ほんのわずかな憂いがあった。

「何やら気がかりなことがありそうなお顔をされていますね」

「目ざといな、弥一。よもや顔に出ていたか」

「これでも客商売をしておりますから、相手の表情を読み、気持ちを汲み取るのは得意なのですよ。それに、もし気にかかったことがあれば遠慮なく物申してよいとおっしゃったのは、貞様ですよ」

「そうだったな。先代の頃から、杉渓屋の店主は私に対してずけずけと物を言う」

貞が相好を崩して、黒の碁石を指で弄《もてあそ》ぶ。ほんのしばし、思考に耽《ふけ》ってから口を開いた。

「毅は、今年で二十四になる。しかし、本人は妻帯する気がないようなのだ。それが気がかりでな」

「毅様が？　一体、どのような理由で妻帯するのを拒んでおられるのですか？」

「離縁した私の後妻、冴子《さえこ》のせいだ。仔細は言えんが、あやつが毅の心に瑕《きず》を残した。幼き頃から、毅には潔癖な部分があったが、冴子との一件がよほど耐え難かったのだろう。以来、女が疎ましくてならんようだ。女中頭の志乃《しの》以外は、使用人の女たちでさえ近づけさせせん」

貞は一人目の妻を早くに亡くし、とある良家の若い女性を後妻として娶《めと》った。その後妻が話に出てきた冴子という女だ。

しかし、冴子は葛城家に嫁いできて間もなく離縁された。

周囲には情報が伏せられているため詳細は分からないが、当時、まだ十代だった長男の毅と冴子の間で〝何か〟があったのだということは、弥一も聞いていた。

「そんな調子だから、見合いの席を設けようにも、本人が拒絶する。葛城家の跡継ぎとしての自覚を持てと叱ったことがあるが、妻など不要の一点張りよ。冴子の一件については、私にも責任の一端があるのでな。何ともうまくいかんものだ」

「なるほど。そのようなことが……」

「次男の恒《ゆずる》もいるから、跡継ぎの件はさほど心配はしておらん。私が憂いているのは毅自身のことだ。私も子供を作ったのは齢三十を越えてからだった。倅《せがれ》のことをとやかく言える立場ではないのだがな、この先、妻を娶らず子供も作らぬとなると——毅の人生は退屈で孤独なものになるかもしれん」

パチン。貞が碁石を置く音が、やけに大きく響いた。

「ましてや、我ら軍人はいつ死ぬか分からん。有事の際は御国のために死ぬのが本望よ。それでも己の血を継ぐ誰かを遺したいと願うのは、人としての本能だ。ゆえに妻を娶って子を成すのが人としての道理だと、私は思うのだ」

「貞様がおっしゃりたいことは分かります。毅様の将来を案じておられるのですね」

「私も、もう若くはないからな。この身がいつ病に冒され、命を落とすか分からん。何かあった時のために後顧《こうこ》の憂いがないようにしておきたい」

柔らかな東風《こち》が吹き、桃色の花びらがざあと舞う。甘い蜜に群れる蝶のように。

その時、蝶の群れと見まごう花びらの向こうから幼い少女が一人、緋色《ひいろ》の振袖を羽のようになびかせながら走ってきた。

「お父さま！　貞さま！」

「八重《やえ》。母上と一緒に、お茶を頂いていたのではないのか？」

「お父さまとお話がしたくて来ました。貞さまも、お茶をご用意してくださり、ありがとうございました」

杉渓家の娘——八重がお辞儀をして挨拶をすると、貞が笑って頷く。

「ああ。茶請けに用意させた豆大福は口に合ったか？」

「はい。甘くておいしかったです。あと、その……貞さま」

「これ、八重。貞様に抱っこをねだるなど……」

「よいよい。どれ、抱いてやろう」

八重が両手を伸ばしてきたので、煙管を横に退《の》けた貞がにこやかに立ち上がって甘える少女を抱き上げた。

「申し訳ありません、貞様。抱っこをねだるほど幼い年齢ではないのですが、どうにも甘えたがりなところがありまして。重くはありませんか？」

「構わん。私とて軍人だぞ。子供など大した重さではない。しかし、八重は小柄なようだな。まだ五つ、六つの幼子のようではないか」

「おっしゃる通りです。よく食べるのですが、なかなか身長が伸びません」

弥一が苦笑していると、人懐こい八重が嬉しそうに両手を貞の首に巻きつける。

少女がすりすりと頬を押しつけたら、普段は厳めしい貞の顔が、ますます緩んだ。

「これから大きくなるだろう。女児がこれほどに愛《う》いものとは知らなんだ。私も一人くらい娘が欲しかったな」

「お転婆で困りますよ。目を離すと木に登っていたり、勝手に遊びに行って泥だらけになって帰ってくることもありますから」

「ほほう。八重は、そんなに元気なのか。なぁに、家に籠《こ》もっているよりは、お転婆に外を走り回っているくらいがちょうどいいぞ」

「貞さま。あごが、ちくちくしますよ。おひげですか？」

「そうだぞ。男は髭が生える」

「あ、桜のはなびら」

貞が八重を抱いたまま下駄を履き、桜の舞う庭へ出た。

その間も八重はひらりひらりと蝶みたいに逃げる花びらを捕まえようと、一生懸命手を伸ばしている。

二人を微笑ましく見守る弥一の耳に、ふと、確認の言葉が届いた。

「弥一。八重の年は、八つだったか」

「はい。今年で八歳になります」

花びらに心を奪われる八重を腕に抱いた貞が、弥一に背を向けながら続けた。

「八重を、毅と会わせてみるか」

「毅様と？」

「女が疎ましくとも、子供ならば、おそらく問題あるまい。物は試しよ。様子を見てみようではないか」

「貞様。つまり、八重と毅様を許嫁《いいなずけ》にするということですか？」

「毅の反応次第だが……毅は二十四で、八重は八つ。年は離れているが、さほど珍しいことではない。それとも、何か不満でもあるか？」

「とんでもございません。葛城家と縁談を結ばせて頂くことは、当家にとってもありがたいお話です」

葛城家は財力、家柄ともに申し分のない名家だ。その家と縁を結べるのは、弥一にとって願ってもない申し出だった。

ただ、弥一の気がかりがあるとすれば肝心の八重が、まだ八歳という点だが――。

貞が乗り気なようなので、弥一は余計なことを言う前に口を噤《つぐ》んだ。

◇

「いいわね、八重。お茶をお出しするだけですから、粗相のないようにしなさい」

母の三重子《みえこ》に念を押され、杉渓八重は「任せて」と頷いてみせた。

今日は、八重に会わせたい〝大切な客人〟が来ているのだと、父が言っていた。

八重は二つの湯呑みをお盆に乗せ、ゆっくりと廊下を歩き出した。くれぐれも粗相だけはしないでくれと、後ろからついてくる母が何度目か知れない台詞を口にする。

そんなに心配せずとも大丈夫だ。

客人にお茶を出すのは、これが初めてではない。

「失礼いたします。八重です」

客間の前で一声かけて、八重は障子を開けた。そっとお盆を持ち、客間に足を踏み入れた彼女の視界へ真っ先に入ってきたのは、葛城貞の姿だった。

貞は杉渓屋の大事な顧客で出資者だが、八重にとっては〝優しいおじさま〟という印象が強かった。遊びに行くたびに美味しいお菓子を用意してくれていて、よく抱っこしてくれる。

八重は貞に向かって笑いかけ、隣にいる青年へと目をやる。初めて見る人だ。

瑠璃紺《るりこん》の着物に身を包んだ青年は、この状況が不満だと言いたげな仏頂面をしている。

父が言っていた〝大切な客人〟というのは、おそらく彼のことだろう。

そう思ったら緊張してきて、八重の身体に力が入った。

「八重。お茶をお出ししなさい」

「はい」

母に小声で急かされ、八重はお盆を持って二人の前まで移動する。

この人の前で粗相をしてはならない。できるだけ気を張り、転ばないようにと細心の注意を払って移動するが、いつもより緊張していたせいか足元から気が逸《そ》れ、八重は畳の縫い目で躓《つまず》いてしまった。

「あっ……」

咄嗟《とっさ》に体勢を立て直す余裕はなかった。八重は小さな悲鳴を上げて畳に倒れこみ、運んでいたお茶を零す。

見守っていた両親の「ああ……」という呆れ声が聞こえて、八重が慌てて顔を上げると、畳にぶちまけたお茶の飛沫が青年の膝にかかっていた。

そのまま視線を上に移動させたら、お茶をかけた張本人にぎろりと睨《にら》まれて——刹那、八重の視界が涙でゆらゆらと歪《ゆが》み始めた。

ああ、どうしよう。大切なお客様にお茶をかけちゃった。

これじゃ、きっと叱られちゃう。

青年に睨まれた事実と、取り返しのつかない失態を犯したことで血の気が引いていき、終《しま》いには鼻の奥が熱くなり、緊張の糸がぷちんと切れた八重は泣き出した。

「ううっ……」

ぽろぽろと涙を零し始めたら、すかさず両親が立ち上がって近寄ってきた。

「申し訳ありません。すぐに片づけさせます。……誰か、手拭いをお持ちして」

「毅様。火傷《やけど》はありませんか？」

「ええ、大丈夫です」

使用人の持ってきた綺麗な手拭いを青年に渡した母が、手際よく片づけを始める。

八重は父の手を借りて起き上がったが、正面にいる青年とまたしても目が合った途端、再び雨のように涙が溢れ出した。

「お、お茶をこぼして、ごめんな、さい……っ……」

泣きながら謝ると、苦笑していた貞が肘で青年を小突く。

「そう睨むでない、毅。相手は八つの子供だ。きちんと謝っておるのだし、この程度の粗相で腹を立てるな」

「睨んだつもりはありません。腹を立ててもいません。少し驚いただけで……」

手拭いでお茶を拭いた青年が、小さく咳払いをして八重に話しかけてくる。

「その、私は怒っておりません。ですから、そのように泣かないで頂きたい」

「……怒って、いないのですか……？」

「ええ」

「…………」

「…………」

「ふ……うぅっ……」

青年の顰《しか》め面と沈黙の間が怖くて、八重が再び泣き出すと、彼はぎょっとして身を引く。

「なっ、何故、また泣いて……」

「だから、お前の目つきが怖いのだろう。笑顔で優しく接してやらんか。八重も、そう泣くでない。毅はお前に怒っているわけではないぞ」

「八重、お客様の前だ。涙を拭きなさい」

貞と父によって宥《なだ》められた八重は、母が貸してくれたハンカチーフに泣き顔を押しつけながら、泣きやむまでにしばしの時間を要した。


ぽかぽかとした日射しが降り注ぐ軒先で、八重は青年と並んで座っていた。

泣きやんだあと、二人で話をしてきなさいと半ば強引に客間を追い出されて、先ほどまで会話も少なく庭園をぶらぶらと歩いていたが、少し休憩をしようということになって今の状況なのである。

青年の名前は、葛城毅。どうやら貞の息子らしい。

「……あの、さっきは、ごめんなさい」

八重が、下を向いてもじもじしながら小声で言うと、毅がゆるりと首を横に振る。

「もう謝らなくていいです」

「でも、お着物を汚してしまいました」

「大丈夫です。すでに乾きましたし、お気になさらず」

八重は、おそるおそる青年を見上げた。彼女には年の離れた兄がいるが、毅は兄よりも背が高くて大人っぽい。

視線に気づいたのか、毅と目が合った。すると、彼が仏頂面を崩して笑う。

「本当に大丈夫ですから、気にしないでください」

優しい表情、柔らかい声色。八重の肩から力が抜けていった。

お茶を零した時は睨まれて怖いと思ったけれど、毅は思っていたよりも怖い人ではないのかもしれない。

「……あなたのお名前は、毅さま、でしたよね」

「ええ。君は、八重さん、ですね」

「ええ、八重です。毅さま」

「私のことは様付けしなくていいですよ」

「……えっと、じゃあ……毅、さん」

「はい。八重さん」

不思議な感覚がするなと、八重は小首を傾げる。

普段から接する年上の男性といえば、それこそ父や兄、貞くらいだ。彼らは、彼女を「八重」と呼ぶ。

だから、年上の男の人に、さん付けで名を呼ばれるとくすぐったいような、何とも表現しがたい感覚を抱いた。

「毅さんは、おいくつなのですか？」

「私は二十四です」

「二十四……私よりも、十六も年上ですね」

「その通りです。よく計算できましたね」

「学校で算術をおそわりました。でも、あまり得意ではありません」

「八重さんは、何が得意なのですか？」

「うーん……かけっこ、ですね」

八重が腕組みをしながら答えると、不意に毅の表情が柔らかくなる。

「かけっこですか。八重さんは、足が速いのですね」

「はい。男子にもまけません」

「それはいい。他に得意なことは？」

「あとは……木のぼり」

「木登り？」

「あっ、お母さまには言わないで。はしたないと、叱られてしまいます」

お淑《しと》やかな女の子は木登りなどしませんよ。母の台詞が脳裏を過ぎったので、慌てふためいて口止めすると、毅が口角を緩めた。

「分かりました。内緒にしておきます」

「約束ですよ」

これ以上、彼と話をしていたら余計なことまで言ってしまいそうだ。

八重は元気溌剌《はつらつ》な子兎みたいにぴょこんと立ち上がり、毅の腕を取って引いた。

「っ！」

「毅さん。お庭を歩きましょう」

驚愕の顔で固まっていた毅が、我に返ったように目を瞬かせる。彼は八重の顔と、掴まれた腕を見比べて「驚いたな」と呟いた。

「毅さん？」

「いいえ、何でもありません。急に腕を引かれたので驚いてしまっただけです」

「あっ、不作法だったでしょうか」

「構いませんよ」

急いで手を引っこめる八重に、数歩進んだ毅が振り向きざま手を差し出してくる。

「八重さん。手を繋いでみましょうか」

彼の声に、いくばくかの緊張と戸惑いが含まれていたことに、幼い八重は気づかなかった。

躊躇《ちゅうちょ》なく毅の手を取ったら、彼が繋がれた手をじっと見つめる。

「毅さん。さっきから、どうかされたのですか？」

「……何でもありません。行きましょう」

歩幅の違う二人は手を繋いで歩き出した。毅は、彼女に合わせてゆっくりと歩いてくれる。

八重は傍らの青年を見上げた。彼は首が痛くなるほど身長が高く、体格もいい。

「とても背が大きいのですね」

「そうですかね。確かに、軍の中では大きいほうかもしれません」

まさに大人と子供。こうして並んで歩くと年の離れた兄と妹に見えるかもしれない。

二人の間には、それだけの身長差と、年齢差があった。

「毅さんは、貞さまみたいに軍人さんなのですか？」

「ええ、そうです」

「それでは、お馬にも乗れるのですか？」

「乗れますよ」

「剣術もできるのですか？」

「得意です。ほとんど負けたことがありません」

「お強いのですね。今度、おしえてほしいです」

「それは……いささか難しい願い事です。君のお母上に許可を取れたらにしましょう」

「許可は、たぶん取れません……お母さまは、いつも、おしとやかな女性になりなさいと言うのです。剣術をやりたいとお願いした時も、ゆるしてくれませんでした。自分の身を守れるくらい強くなりたいと言っただけなのに。お母さまは頭がかたいです」

「……随分とませた子だな」

「何か言いましたか？」

「何でもありませんよ。お淑やかな女性に育ってほしいという母上の気持ちも分かります。八重さんは、これから大人になる中で多くを学んでいくことでしょう。剣術も、そのうち許可が下りるかもしれません」

「そうでしょうか……」

八重が可憐な唇を尖《とが》らせたら、毅が繋いだ手にそっと力を入れてくる。

「そうですよ。君は、まだ子供なのですから」

風に乗って飛んできた桜の花びらを見つけて、好奇心旺盛な子供らしく気移りする八重に、毅は苦笑を零した。そして、遠慮なく手を引っ張る八重に連れられて桜の木に向かう。

「あ、桜の花びらが」

「毅さん。桜の枝に手が届きますか？」

「ええ。ほら」

背伸びをした毅が易々《やすやす》と桜の枝に触れたので、八重は目を輝かせた。

春の盛りは緩やかに通り過ぎ、すでに他の桜は散った頃合い。

一足遅れて満開になっている庭の桜は濃艶《のうえん》な八重桜。今が満開で見ごろだ。

「私も、もう少し背が高ければよかったのに」

「すぐに伸びますよ。それでも届かなければ、肩車をしてさしあげます」

「かたぐるまは高そうですね。枝に頭がひっかかって、ぬけなくなりそうです」

どこまでも無邪気で、ませた少女の相槌《あいづち》に、堅物《かたぶつ》な青年の顔にも笑みの花が咲く。

色艶やかな八重桜の木の下で、のちに許嫁となる二人は手を繋いで遅咲きの春を楽しんだ。

壱ノ章　成長と許嫁

季節が移ろい、欧米文化と日本の文化が融合し始め、世情が目まぐるしく変わっていく。

そんな時流の中で、八重は十二歳になっていた。尋常《じんじょう》小学校を卒業し、淑やかな女性になってほしいという母の願いを背負いながら、今年から高等女学校に通うことになっている。

「お嬢様。どうか、すぐに降りてきてくださいまし」

桜の木の真下で祈りを捧げるように両手を組んでいるのは、はつという名の若い女中だ。

はつの呼びかけに、八重は困りきって眉尻を下げた。

降りたいのはやまやまだが、それができなくて二の足を踏んでいる。

事の発端は、陽気な天候に心を躍らせ、身軽に桜の木を登る猫を追いかけて久しぶりに木登りをしたことだった。そして今、地面までは思いのほか高さがあって途方に暮れている。

しかも、薄情な猫はさっさと飛び降りて去った。

八重とて飛び降りることは可能だが、変な着地の仕方をして骨を折るようなことがあれば目も当てられない。もうすぐ学期が始まる女学校にも、しばらく通えなくなる。

「ねぇ、はつ。私も降りたいのだけれど、どこかに梯子《はしご》はないかしら。それを幹に立てかけてもらえば……」

「そのような危険な真似はおやめください！　降りられないのならば、すぐに旦那様をお呼びします」

「ああ、お父さまを呼ぶのは、ちょっと……」

すぐに取って返そうとする女中を呼び止めた時、庭の向こうに長身の青年が現れた。

藍色の着流しに薄墨の帯を締めた青年が綽然《しゃくぜん》とした足取りで近づいてきて、それが誰なのか気づいた八重は、思わず「毅さん！」と声を上げる。

木の下までやってきた毅が腕組みをしながら見上げてきた。

「ご、ごきげんよう。毅さん」

「ごきげんよう、八重さん。お久しぶりです」

「はい、お久しぶりです。遠くへ出征されていたと聞きましたが、ご無事で戻ってこられたのですね」

「ええ。つい先日、辞令が下って戻って参りました」

「おかえりなさいませ。今日は、どうされたのですか？」

「重要な話があるからと弥一殿に呼ばれたので、父と共に訪ねました。君が庭にいるので連れて来てほしいと言われたのですが、これはまた興味深い場所にいらっしゃいますね。どのようにして木に登ったのですか？」

「ええと、実は、猫が木に登っているのを見かけまして……それで、その……」

「お転婆な八重さんは猫の真似をしてみたものの、木から降りられなくなった、と？」

「……おっしゃる通りです」

他に返す言葉もない。毅の視線を受け止めながら赤らむ顔を背けたら、彼がふうと息をついて両手を伸ばしてくる。

「落ちたら怪我をするかもしれません。さぁ、飛び降りて。受け止めますから」

「大丈夫ですか？　飛び降りるとなると重いかもしれません」

「そのような心配は不要です。私は軍人ですから、君を受け止めることくらい造作もありませんよ。ほら、おいで」

毅が手を広げて待っている。はつも、心配そうに見守っていた。

八重が深呼吸して身を躍らせると、地面に激突することはなく、男らしい腕でしっかりと抱き留められた。目線を動かすと、すぐそこに毅の顔がある。

出会った頃は意識していなかったが、毅は目鼻立ちのよい男性だ。すっきりとした鼻筋に薄い唇。少し垂れ目なところも魅力的だった。

毅の垂れ目について言うと、特に流し目をされると色気がある――らしい。女中たちがそう噂しているのを聞いても、まだ十二歳の八重は〝男性の色気〟というのが、いまいち分からなかった。

毅はよろめきもせずに八重を受け止めて、すとんと地に降ろすと、子供にするように頭をぽんぽんと撫でた。

「お転婆なのはよいですが、危険な真似をしてはいけません。ご両親が心配しますから」

「はい。毅さん」

「母屋に戻りましょう」

ほっと胸を撫で下ろしているはつを伴い、八重は毅に手を引かれて歩き出す。

毅は八重を実の妹のように可愛がってくれた。

八重には良太《りょうた》という兄が一人いるけれど、八つの頃からたびたび顔を合わせている毅のことも、もう一人の兄のように慕っている。

しかし、毅と一緒にいると、時折おかしな気分になることがあった。

毅は厳格な軍人の父に育てられたためか、毅然とした雰囲気を醸し出していて近寄りがたい時もあるのに、八重と共にいると張り詰めた空気が優しく綻《ほころ》ぶ。そして麗しい面《おもて》に笑みを浮かべ、ずっと年下の彼女を「八重さん」と呼んでくれるのだ。

そのたびに胸がきゅっと締めつけられる。それは、何やら得体の知れない感覚だ。

毅の側にいる時に感じる、この不可解な気持ちは一体なんなのだろう。

隣で手を引いてくれる毅を見上げて、八重は首をことりと傾げた。

母屋に戻ると、客間で茶を飲んでいた貞の口からこう告げられた。

「前々から弥一と話していたことだが、お前たちは今日から許嫁だ。八重も女学校へ通うのだろう。ならば、早めに婚約しておいたほうがいいと思ってな」

出し抜けの宣言に、貞が土産として持参した豆大福を、まさしく頬張ろうとしていた八重は目を白黒させる。

いま〝許嫁〟と言ったの？

「私と毅さんが、許嫁？」

「分かりました。父上、正式な結納の日取りは決めたんですか？」

「お前の非番の日に合わせよう。私もその日は休みをとる。結納の品も支度せねばならんな」

とんとん拍子で話が進んでいく。八重の気持ちは置き去りだ。

元より親同士で決めたことならば、子供の八重が口を挟む余地はないから、混乱を隠すように大福を頬張っていると、毅の手がそっと背中に添えられる。

「八重さん。許嫁の意味は分かりますよね」

「分かります。将来、毅さんと夫婦《めおと》になるということですよね」

「はい。でも、すぐに祝言《しゅうげん》を挙げるわけじゃありません。君はきちんと女学校に通って、そこで色んなことを学び、十六歳になったら祝言を挙げる予定です。まだ四年もありますから、心の準備をする時間もたくさんあります」

「…………」

「私と許嫁になるのは、嫌ですか？」

「嫌ではありません。ただ、毅さんのことはお兄さまのように思っていたので驚きました」

「私も君を年の離れた妹のように思っています。これからは許嫁としても大切にします」

「……はい。それでは、どうぞよろしくお願いします」

見よう見まねで三つ指を突いて頭を下げると、毅も姿勢を正し、畏《かしこ》まった表情で同じように頭を下げる。

「こちらこそ、よろしくお願いします」

生真面目に頭を下げて挨拶をする年の離れた許嫁のやり取りを見て、貞が「お似合いの二人ではないか」と言って、上機嫌で笑う。

八重の両親もまた、微笑ましく見守っていた。


無事に結納を交わし、しばし幸福な空気が両家を包みこんでいたが、それも束の間のことだった。

毅に許嫁ができた途端、長らく抱いていた深憂《しんゆう》が晴れて気が抜けたのか、貞が心臓の発作を起こして卒倒し、そのまま帰らぬ人となってしまったのだ。

つい先日まで元気だった偉丈夫《いじょうふ》の急逝は周囲に衝撃を与え、通夜の席には軍の関係者などが多く詰めかけた。

葬儀には八重も出席して、実の娘のように可愛がってくれた貞の死を悼《いた》んだが、その一方で親族の席に座っていた毅がひたすらに貞の遺影を眺めていることにも気づいていた。

葬儀のあと、八重は毅を捜して屋敷を歩き回った。

そして、庭の一角で桜の木を仰いでいる毅を発見する。

「毅さん」

「……ああ、八重さんか」

「貞さまのこと……お悔やみ、申しあげます」

八重が両親の挨拶を真似して頭を下げたら、毅が小さく笑った。

「葬儀に来てくれて、ありがとう。父上は君を実の娘のように可愛がっていたから、きっと喜んでいるはずです」

「……たくさん、泣いてしまいました」

「父上のために泣いてくれて、本当にありがとう」

毅さんは、どうして泣かないの？

八重は喉元までこみ上げてきた言葉を呑みこむ。葬儀の最中も、彼は父親の遺影を見つめるばかりで涙を流すことはなかった。

その時、ふいと顔を背けた毅が桜の木を見上げた。身体の横に下ろされた拳は強く握りしめられている。

それだけで彼の気持ちが伝わってきたので、じわりと鼻の奥が熱くなった。

父親が亡くなったのだ。毅とて悲しくないはずがない。

ただ、人前では泣かないだけで。

八重が声を殺して泣き出したと気づいたのか、毅がこちらに向き直った。

「……ごめんなさい。涙が、勝手に……」

かぶりを振った毅は、ゆっくりと近づいてきて八重と目線を合わせるように屈んだ。彼女の頬を流れる涙を指で拭うと、壊れ物に触れるように抱き寄せる。

毅は人前で泣かない。八重の耳にも泣き声は届かないのに、顔を伏せた毅が泣いているように思えたので、八重は彼を抱き返して、いつも自分がされているように頭を撫でてあげた。

寄り添う二人の傍らでは、季節外れで花をつけていない桜の枝がそよ風に吹かれ、親しい人の死を悼むようにゆらゆらと揺れていた。

◆◇◆◇◆

貞の死から、桜の咲く季節が幾度か巡り、八重は十六歳になった。

開国からの数十年で、帝都の街並みはがらりと変貌を遂げた。各国との貿易が盛んになり、日本には好景気が訪れて銀座の目抜き通り沿いには銀行や百貨店が現れた。住宅にも少しずつガスと電力が普及しつつある。

明治の頃、その明るさで人々を驚かせた街灯もあちこちに立てられ始めて、賑わう歓楽街は夜も明るかった。

通りを行き交う乗り物は、人力俥の他にも鐘を鳴らして走る路面電車が重宝され、海老茶袴姿にブーツといった華やかな装いで通学する女学生の姿が人々の目を惹《ひ》く。

そして八重もまた、そんな女学生の一人として学校生活を送っていた。

その日、八重は友人の藤堂櫻子《とうどうさくらこ》と共にカフェーへと足を運んだ。玉子を使用した大好物の菓子カステーラとコーヒーを頼むのが、最近のお気に入りだ。

「あなたって、本当にカステーラが好きなのね」

カステーラを食べる八重を眺めていた櫻子が、はんなりとした口調で言う。

櫻子は藤堂伯爵家の一人娘で、八重とは同い年の級友だ。艶やかな黒髪をいつも束髪くずしにして臙脂《えんじ》のリボンを結んでおり、立ち姿や顔立ちには品があって良家のお嬢さんというのが一目で分かる。

勉学を好む櫻子は女学校でも成績優秀で、何でもそつなくこなす才女だった。

ただ難があるとすれば、勉学以外には興味がなく、暇さえあれば机に齧《かじ》りつくようにして教科書や文学を読み耽っていることだろう。集中すると友人の声さえ無視をし、弁が立つため教師まで言い包めてしまう。

加えて読書の時間を妨げられると機嫌を損ねることもあるので、女学校では変わり者の華族令嬢として遠巻きにされていた。

一方の八重はというと、勉学がそこまで好きではない。成績も中の上だ。

文学を読むのは好きだが、大人しく机に向かっていると身体がむずむずしてくるから性に合わないのだろう。

彼女は容姿も地味だった。普段は少し癖のある髪を編んでお下げにしていて、櫻子のように人目を惹く相貌《そうぼう》ではない。

だが、きめ細かな肌は透き通るように白く、艶のある漆黒の髪がよく映えた。三つ編みを解いて髪を下ろすと雰囲気も一変し、大人っぽくなる。

また裏表のない明朗な性格は級友たちに好まれ、人望のあることが羨ましいわと櫻子に言われるほどだ。

そんな正反対の二人だが、話をしてみると気が合って、学校帰りにはよく二人でカフェーに寄っていた。

カステーラを咀嚼《そしやく》して味わった八重は、行儀悪くフォークを振った。

「カステーラはとっても美味ね。初めて食べた時は、こんな食べ物が存在するなんて知らなかったと、それこそ目を丸くしたもの。これぞまさに驚天動地ね」

「聞き流そうとも思ったのだけれど、あなたのためにも、あえて指摘させて頂こうかしら。驚天動地の使いどころが間違っているわよ、八重。授業で出てきたからといって、言葉は誤った使い方をしないほうがいいわ。学がないと勘違いされてしまうから。そういう時は〝初めて食べたカステーラの味に驚嘆したわ〟とでも言えば済む話でしょう」

「試しに使ってみただけよ。櫻子が、いつも小難しいことばかり言うから、私もそれに倣《なら》ってみたの。とにかく、カステーラはどれだけ食べても飽きないのよ」

「もしかして、このごろ八重がふくよかになったのは、そのカステーラのせいなのかしら」

櫻子が顎に手を添えながら辛辣《しんらつ》な台詞を吐く。

八重は砂糖とミルクを入れたコーヒーを噴き出しそうになったが、どうにか堪えた。

「そ、そんなことは、ないと思うけれど……」

「ああ、要因はカステーラだけではないのね。あなたときたら、老舗の菓子屋、紫苑堂《しえんどう》の豆大福も好きで、よく食べているものね。許嫁の方も事あるごとに大福やビスケットを土産として持ってくるんだったかしら。あらあら、ふくよかになるのも分かる気がするわ」

「櫻子、もうやめてちょうだい……私も、ふくよかになった自覚があるの……」

近ごろの八重は甘味の誘惑に勝てず、櫻子の指摘通り肉付きがよくなっていた。頬もふっくらとして全体的に丸みを帯びている。

「話を聞く限りだと、許嫁の方も八重を甘やかしすぎのようね。あなたに甘味ばかり食べさせているようだから」

「毅さんは、私が甘味を好きなのを知っているから、わざわざ買ってきてくださるの。頂いたものを突き返すわけにはいかないもの」

「その毅さんとやらは、あなたの体形の変化については何もおっしゃらないの？」

「何も言われたことはないわね。毅さんは、あまり気にしていないのかも」

「気にしていないって、あなたたちは許嫁でしょう」

「毅さんとは幼い頃から顔を合わせていたし、許嫁になってからも、私のことはたぶん妹のように思っているの。年齢だって十六も離れているから、私が少々ふくよかになったところで、毅さんは『愛らしいですね』の一言で終わらせる気がするわ」

「愛らしいなんて……あら、これは惚気《のろけ》なのかしら」

八重にしてみれば惚気たつもりはなく、ただ事実を語っただけだが、櫻子はやれやれと言いたげに首を横に振ってコーヒーを飲む。

慣れた手つきで白いカップを口に運ぶ友人の仕草がとても優雅で、思わず八重は目で追ってしまった。

「それで、八重は近いうちにその方と結婚するのでしょう。女学校も退学の手続きをとったと聞いたのだけれど」

「ええ。今日は、櫻子とその話をしたかったの。もともと、私が十六歳になったら毅さんと籍を入れるって話になっていたから、先日、お父様と毅さんで話をしたらしいの。まだ日取りは決まっていないけど、準備は始めているところ」

八重は空になったコーヒーカップの底を見つめる。中途半端に溶けた砂糖が残っていた。

許嫁の毅は、今年で三十二だ。本来であれば、とっくに妻帯している年齢である。

八重は毅と夫婦になることに抵抗がない。むしろ喜ばしく、楽しみでもあった。

というのも、彼女は毅に対して淡い恋心を抱いていたからだ。想いを自覚し始めたのは、毅の父、貞が他界した頃だろうか。

兄のように優しくて男らしい毅に対し、八重が異性として憧れを持つようになったのは、とても自然なことだった。

「女学校で櫻子と会えなくなるのは寂しいけれど、手紙を書くからね」

「……八重。私《わたくし》からも、あなたに話さなくちゃならないことがあるわ」

「何？」

「実は、私も縁談が決まりそうなの」

咄嗟に返事ができず、八重は櫻子を見つめた。

櫻子のような妙齢の華族令嬢ならば、結婚相手探しには困らないだろうし、相応《ふさわ》しい身分の男性のもとへ嫁がされるのは当然の話だろう。

「お相手は、どなたなの？」

「有栖川《ありすがわ》侯爵様よ。早くに奥様を亡くされた方なの。夜会の席で私を見初めたらしいのよ」

「その方なら、確か、うちの店も贔屓にしてくださっていた気がする。でも、侯爵様って四十を越えていた気が……」

「四十二歳。私の父の一つ年下よ」

八重は口を噤んだ。良家の令嬢が、父親と同年代の男性のもとへ嫁ぐ——親が決めたことならば従う他はない。身分が高いほど結婚相手を選ぶことはできないのだ。

櫻子は感情の読み取れない平坦な声色で続けた。

「何回かお話させて頂いたけれど、とても温厚で穏やかそうな方だったわ。ぜひ私を妻にしたいと、強く望んでくださっているようなの」

「櫻子は、それでもいいの？」

「いいも悪いもないわ。嫁いだあとも好きなだけ学問ができて、本を読める環境を整えてほしいと条件を出したら、侯爵様は二つ返事で了承をくださったのよ。私の勤勉で博学な部分が好ましいと思ってくださっているようね。女に学など必要ないと言う殿方が多いのに、珍しいでしょう。それに——」

黙って話を聞いている八重の顔を見つめ、櫻子がはにかんだ。

「男女の恋を題材にして書かれた大衆文学のように、好きな殿方のもとに嫁ぐという自由は、私には許されていないのよ。それは、八重だって同じでしょう。許嫁がいて、あなたの意思とは関係なく、彼のもとへ嫁ぐことが決められているのだから」

「それは、そうかもしれないけれど……」

「まぁ、あなたの場合は私と違って、だいぶ前から毅さんとやらを好いているようだし、幸福な結婚ではあるでしょうね」

「櫻子。そんな言い方をされると、私も返答に困るんだから」

「あら、ごめんあそばせ。想い人のもとに嫁げるあなたが羨ましくて、わざと意地悪なことを言ってみたのよ」

「もうっ。また、そんな言い方をして」

膨れ面をする八重を横目に、櫻子はあっけらかんとした態度で本を取り出した。

これで縁談の話は終わり。ここから先は読書の時間。華族令嬢として育てられた櫻子は縁談を受け入れることを自分の役目として割りきっているのだろう。

八重は友人の切り替えの早さに置いてきぼりを食らったような気分になりつつも、教科書を入れている風呂敷の中から本を取り出した。

それは、つい先ほど櫻子が揶揄《やゆ》した〝男女の恋愛を題材にした大衆文学〟だ。とある雑誌で連載していたものを一冊にまとめたものである。

まだ読んでいる最中だが、悲恋に終わるという結末だけは知っていた。

「ねぇ、櫻子。運命の紅い糸って、あると思う？」

「出し抜けに、どうしたの？」

「小説に出てくるの。結ばれる運命の男性と、自分の小指は紅い糸で繋がっているって」

「素敵な話だとは思うけれど、目に見えるわけじゃないのだから、あるかどうかを答えるのは難しいわねぇ。……あ、そうだ」

櫻子が風呂敷の中から緋色の細い髪紐を取り出し、八重に手を出すよう言った。

大人しく従うと、櫻子は八重の小指に紅い紐を巻きつけて、可愛らしい蝶々結びにした。

「さぁ、ごらんなさいな。あなたの指にも紅い糸が結ばれているわ。この糸の先は、きっとあなたの望んだ殿方の指に結ばれているわよ。毅さん、だといいわね」

目をぱっちりと見開いて呆気《あっけ》に取られる八重の反応を見て、櫻子が口元に手を添えながらくすくすと笑う。

「櫻子ったら、揶揄《からか》わないで」

「同じ髪紐がもう一本あるから、二本とも八重に差し上げるわ。こちらを想い人の小指に結んで、端を結んだら運命の紅い糸のできあがりよ」

櫻子の笑い交じりの台詞を聞き、八重は頬を赤らめながら紅い紐の片端を引っ張っていた。

しばらく読書をして、火ともし頃にカフェーを出た。

伯爵家からの迎えの自動車に乗った櫻子を見送っていたら、傍らに二人乗りの人力俥が停まった。兄の声がする。

「待たせたか、八重」

「あ、お兄様。ちょうど櫻子を見送ったところだったの」

八重は兄の手を借りて人力俥に乗りこんだ。俥夫の「動きますよ」という一声と共に、夕空のもと人力俥が走り出す。

「お兄様。ちゃんと迎えに来てくれたのね」

「今朝、櫻子さんとカフェーに行くから帰りは迎えに来い、と言ったのはお前だろう」

「覚えていてくれて、ありがとう」

「構わないさ。今日は屋敷に来客があるから、父さんが先に帰ったんだ。店も早めに閉めたから、こうしてお前を迎えに来ることができたんだよ」

そう言って笑う兄の良太は、働き盛りの二十六歳。皺《しわ》一つない白いシャツに伽羅色《きゃらいろ》のジャケットとズボン、革靴といったハイカラな服装をしている。

良太は父のもとで、杉渓屋の次期店主として経営を学んでいるところだ。店では洋装や舶来品も取り扱っているから、売り物の宣伝になるようにと、接客をする良太も洋装姿で出勤していくことが多い。

「櫻子さんは元気なのか？」

「うん、元気よ。でも、縁談が来ているらしいの」

「そうなのか。お相手は？」

「有栖川侯爵様だそうよ」

「それは良縁だな。櫻子さんは侯爵夫人になるわけか。おいそれとは会えなくなるぞ」

「櫻子の縁談は、本当に良縁だと思う？」

「もちろんだ。侯爵家に嫁げば、生活には困らない。俺たちのように商売をして、世情や景気に左右されながら生計を立てる必要はないんだからな。いい縁だろう」

「そう、よね……」

女学校でも、良家に嫁いで尽くすのが女の役目だと習った。

八重は黄昏《たそがれ》の空を仰いでから、櫻子が小指に結んでくれた紅い紐を見つめた。

結ばれる運命の人と繋がっているという紅い糸。

その糸の先に誰がいるのかは分からないが、恋い慕う人のもとへ嫁げるというのは、とても運のいいことなのかもしれない。

屋敷に到着し、兄の手を借りて人力俥を降りた八重は、玄関から出てくる男に気づく。

小柄でひょろりとした体型には不釣り合いな洋装と、蛇のような細く鋭い眼からは、商売人としての強かさと狡猾《こうかつ》さが滲《にじ》み出ている。男の名前は村田平次《むらたへいじ》。杉渓屋と取引をしている貿易商で、八重も面識があった。

村田は苛々《いらいら》した足取りでこちらに向かってきたが、二人の姿に気づくと、途端に愛想のいい笑みを浮かべた。

「これはこれは、ご子息様とお嬢様ではないですか。日頃から、お父上にはお世話になっております」

「村田殿……父さんとの話は終わったんですか？」

「はい、ご子息様。商品の取引について、少々ご相談させてもらっておりました。お嬢様も、私のことは覚えておいでででしょうか。村田平次です」

「え、ええ……どうも、父がお世話になっておりまして……」

「八重。先に家へ入っていろ」

八重が挨拶し終わる前に、兄が玄関のほうへと背中を押した。まるで、村田と話をさせたくないとでも言うかのように。

八重は軽く会釈して、小走りで屋敷へ向かいながら兄の配慮に感謝した。

実のところ、八重は村田が苦手だった。顔を合わせるたびに値踏みするような視線を送られるし、あからさまに媚びが含まれた笑みには生理的に嫌悪感を抱く。

玄関へ足を踏み入れ、さりげなく振り返った八重からは、兄に向かってやたらと頭を下げている村田の背中が見えた。

その出来事から間もなく、毅との祝言の日取りが決定した。

毅が軍の要職に就いているということと、準備にかかる時間も考慮して、今年の初秋に式を挙げることになった。今は初夏なので、まだ日にちに余裕がある。

あくる日、女学校から帰宅した八重は毅が来ていることを知り、客間へと向かった。

「毅さん！」

勢いよく障子を開けたら、渋い表情をしている母の姿が視界に入る。

母の三重子は毅にお茶を出していたらしく「はしたないですよ、八重」と、呆れ交じりに叱ってきた。

八重はすぐに行儀よく正座をして、机の向こうから笑い交じりの視線を送ってくる許嫁に向かって頭を下げる。

「お久しぶりでございます、毅さん。ようこそ当家にいらっしゃいました」

「はい。お久しぶりです、八重さん」

毅は仕事帰りに寄ったのか、軍服姿だった。軍における階級は大尉で、肩章には三ツ星があった。今は軍帽と白い手袋を取っていて、お茶を飲みながら寛《くつろ》いでいたようだ。

「早めに仕事を上がれたので、君の顔を見に来ました。元気にしていましたか？」

「はい！　この通り、私はとても元気です！」

「もう少し声を抑えなさい。葛城様が驚かれるでしょう」

はきはきと元気よく答える八重を、三重子が小声で窘《たしな》めるが、毅が笑って遮る。

「八重さんらしくて、いいではありませんか。お元気そうで何よりですよ、八重さん。もしよければ、私と少し散歩でもしましょうか」

「はい。お庭へ行きましょう。ちょうど菖蒲《あやめ》が咲いたのです」

八重は立ち上がると、待ちきれないとばかりに毅の手を引いて客間から連れ出す。

「これ、八重。はしたない……」

「構いませんよ。私は気にしませんから」

毅は笑みを絶やさず、軽やかな足取りで玄関に向かう八重についていった。

一旦玄関の外に出てから庭先に回り、白い飛び石に沿って二人で散歩をする。

「毅さん、お忙しいとおっしゃっていたので、しばらく来られないと思っていました」

「今日はたまたま早く上がれたんですよ」

「毅さんが来ると知っていたら、私も早く帰ったのに。授業の後に、友人たちと少し話をしていたので、この時間になってしまいました」

「女学校に通うのも、あと少しでしょう。学友と過ごす時間も大切にしてください」

そう言ってくれる毅は三十路を越えても目元に皺はなくて、八重と目が合った途端に浮かぶ微笑みも昔と変わらず優しい。今年で三十二歳になるのに、彼は出会った頃の若々しさを保っていて、二十代後半と言われても疑わないだろう。

しかし、見た目が若いからといって貫禄がないわけではなく、ふとした瞬間に見せる真剣な顔つきや怜悧《れいり》な喋り方には、やはり将校なのだと思わせる物々しい威圧感があった。

髪は軍人らしく短く切っているが、坊主ではない。どうやら軍で規定されている長さのぎりぎりまで伸ばしているようだ。

前髪も少し残っていて、無造作に髪を撫でつける仕草が色っぽいのだと、これまた使用人が噂しているのを聞いたことがある。それ以来、八重は毅の仕草をさりげなく観察するのが癖になっていた。

紅白の斑点模様を持つ錦鯉の泳ぐ池の端で足を止めて、密集して咲く菖蒲を眺めていたら、毅がこう切り出す。

「祝言の日取りについて、弥一殿から話は聞きましたか？」

「はい。もしかしたら、毅さんのお仕事に合わせて日取りを調整するかもしれないと言われましたが、初秋に挙げるということは決まったのですよね」

「そうです。前もって休みの申請は出しておきますから、さすがに直前になって変更になるということはないと思いますが、急な招集がかかることもありますので、それだけは了承しておいてください」

「分かりました。軍人さんは大変なのですね。毅さんの妻となるからには、そういったことにも慣れておかなくてはなりません」

意気込むように両手を握りしめる八重を、毅が横目でちらりと見た。

「そう肩に力を入れず、少しずつ慣れてくれればいいですよ。それに、まずは当家の生活に慣れることを優先してください。葛城家には、なかなかに恐ろしい女中頭がいますからね」

「っ……そ、そうでした。まずは志乃に認められなくてはいけませんね」

志乃というのは葛城家で働く古参の女中頭だった。もとは豪商の生まれの女性らしいが、家が困窮して働き口を探していたところを貞に拾われたのだとか。

教養があり、早くに実母を亡くした毅や、弟の恒に礼儀作法を教えたのも志乃らしい。

八重も志乃とは面識があるが、とかく礼儀には厳しくて、何度も注意されたことがあった。

葛城家の邸宅において家事を取り仕切っているのは志乃なので、毅の妻として迎えてもらうためにも、女中を取りまとめる彼女に認められるということは大きな意味を持つ。

「認めてもらえる自信は、ありませんけれど……志乃は厳しいんですもの」

嫁ぐ前から意気消沈していたら、毅が小さく肩を揺らした。

「心配せずとも、志乃は八重さんのことを気に入っています。君が嫁いでくるのを楽しみにしているようですよ。それに、家事は女中に任せればいいんですから」

「いいえ。毅さんのもとに嫁ぐからには、嫁としての役目を果たせるように、家事をしっかり身につけなさいと母に言われました。これでも、掃除と洗濯は得意なのですよ。炊事も母から教わっているところです。……つい先日、七輪で魚を焼いていたら、よそ見をしている間に消し炭のようになりましたが」

「消し炭……」

毅が顔を背けて、くっくと笑っているので、八重は耳まで赤くなる。

「笑いごとではありませんもの。私が嫁いだら、それが毅さんのお口に入る食事になるのですよ。炭になった魚など、食べられたものではありません」

「食べたんですか？」

「食材を大事にしないなど、言語道断。自分で食べなさいと、母に言われました」

「ということは、食べたんですね」

「食べました。これまで口にした、どんなものよりも苦かったです」

「そうでしょうね。炭ですから」

八重はその場にしゃがみこみ、菫色《すみれいろ》の菖蒲を見るふりをしながら、目線だけ動かして傍らの毅を盗み見る。

毅は口元を手で隠しているものの、笑いを隠しきれていない。

「そういえば、八重さんは女学校でも家事を習っているんですよね。成績はどうなんですか？」

「どうしても裁縫が苦手で、とても言いにくいのですが……あまり好成績とは言えません」

「裁縫は上達したと聞いていましたが」

「上達はしました。自分の浴衣だって縫いましたもの」

「素晴らしい進歩ですね。以前は、針を指に刺したと言って泣いていたのに」

「泣いていたのは、子供の頃の話です。指に針を刺すことは今もありますが、私はもう十六ですよ。それくらいで泣くような年齢ではありません」

「失礼しました。あなたはもう妙齢の女性でしたね」

毅も屈みこみ、八重の隣に並んで菖蒲の観察を始める。彼の顔は緩んでいて笑みの余韻が残っていた。

こうして八重と二人で話をする時、毅はいつも楽しそうだ。女学校の授業の話や友人とのやり取りなど、何げない話題でも真剣に耳を傾けて、時には大人として助言をくれたり、一緒に笑ってくれたりする。

何よりも、彼はお転婆な八重のふるまいや考えを否定するような発言は絶対にしない。

そんな関係が心地よい反面で、八重には少しだけ気にかかることがあった。

「毅さん。実は、ずっとお訊きしたいことがあったのです。少し不躾《ぶしつけ》な質問になるかもしれませんけれど、訊いてもよろしいですか？」

「いいですよ。言ってみてください」

「あなたと許嫁になった時、私はまだ十二でした。その頃、あなたは結婚していてもおかしくはない年齢で、私が十六になるまで四年も待ってくださいました。当時はそれほど疑問には思いませんでしたが、私の成長を待つくらいなら、あなたには他に相応しい良家のご令嬢がいたのではないかと思ったのです。もしかして、何か理由があったのですか？」

その問いかけで、毅の顔から表情が抜け落ちる。

しまった、これは失言だっただろうか。そう感じるほど、急激に彼の纏《まと》う空気が凍っていくのが分かったので、八重はすぐに話を変えた。

「少し不思議に思っただけなのです。それに……毅さんは軍でも優秀な方でしょう。相手が私では、あなたに釣り合わないのではないかと、不安に思ったりもするのです」

名家、葛城家の当主。そして、軍では大尉の位を持つ出世頭の将校。

八重が毅に惹かれたのは、彼の家柄や階級が理由ではない。彼自身の性格と一緒に過ごした年月の長さが、思慕《しぼ》を抱くまでの心の変化に大きく影響している。

しかし、八重は自分と彼では不釣り合いなのではないかと考える時があった。

年齢、家柄の違い――特に気がかりな点は、その二つだが、女学校での成績や、いささか女らしさに欠けるふるまいなど、己の至らぬ点を数え出したら枚挙にいとまがない。

八重が膝を抱えてしゅんと肩を落としたら、毅の顔に優しい笑みが戻ってきた。

「そんなことを気にしていたのですか。心配はいりませんよ。八重さんと許嫁になったのは私自身の意思でもあるんですから」

「貞様が決められたことではないのですか？」

「父から打診は受けましたが、最終的に〝君がいい〟と、私が言ったんです」

「そうなのですか……ということは、そんな前から、毅さんは私に……」

まさか、心を寄せてくれていたの？

八重が頬を赤らめると、毅が頭をかきながら言った。

「初めて出会った時、八重さんはまだ八歳で、私にもすぐ懐いてくれました。そのうち君を見ていると、もしも自分に妹がいれば、こんな感じだったのかなと思うようになりました。少しませたところも、お転婆なところも愛らしく見えますし、一緒にいると心が癒されました。だから、君となら許嫁になってもやっていけるんじゃないかと思ったんです」

それは八重の求めていた返答とは少し違った。胸のときめきが一瞬で消え失せ、彼女はわずかに眉を寄せる。

愛らしい――その言葉は嬉しかった。しかれども、毅は八重のことを〝女性として〟愛らしいと言ったわけではない。

彼の口ぶりからも、あくまで〝妹として〟可愛らしいと思っているのだ。

「私のことを、妹のように思ってくださるのは嬉しいです。けれど、私はあなたの許嫁です。女性としては見てくださらないのですか？」

「女性として、君を……？」

「ええ。私はあなたの妻になります。毅さんには、私はまだ十六の子供に見えているのかもしれません。でも、結婚するのなら、私はあなたにとって唯一の女性になりたいのです」

素直な八重は男女の恋の駆け引きなど知らない。恋情をほのめかしたり、遠回しに探りを入れることもなく、熱烈な愛の告白とも受け取れる台詞を彼にぶつけた。

しばし遅れて、彼女は自分の放った台詞が恋愛を題材にした大衆文学の一節のようだと気づいたものの、恥じらって顔を伏せたりはしなかった。

毅は意表を突かれたらしく、優しげな垂れ目を丸くしてまじまじと八重の顔を見てくる。

「毅さん。そんなふうに驚いた顔をなさらないで」

「いや、申し訳ない。まさか、君の口からそんな言葉を聞くとは思わなくて……」

毅が続きを言い淀《よど》んだ。珍しく眉間に皺が寄っていて、言葉を選んでいるようだ。

彼が困っているのを察した八重は、すっくと立ちあがった。女性として見てほしいというのは本心だが、毅を困らせるのは本意ではない。

だから、八重はわざとらしく怒った素振りで踵《きびす》を返した。

「毅さんは乙女心に疎《うと》い方なのですね」

「待ってください。確かに、私には女性の気持ちに疎い部分があります。ですが、君のことは大切に思っているんです」

「本当ですか？」

「本当です」

「それでは、毅さんの次の非番はいつですか？　予定の入っていない非番の日ですよ」

ちらりと背後を見ると、彼女を追って足を踏み出しかけていた毅がきょとんとする。

「非番の日？」

「はい。二人でどこかへ出かける予定を入れたいのです。私のことを大切に思ってくださっているのなら、遊びに連れて行ってくださいな」

「…………」

「もし、私と出かけるのがご不満でしたら、断って頂いて構いません。休日はゆっくりしたいとおっしゃる場合も、断って頂いて構いませんので」

空気を和《なご》ませるために、わざと、わがままを言う。でも極力、彼を困らせたくない。

そんな思いから言葉を付け足して、八重が歩き出したら、毅は後ろから彼女を見守るような距離を保ちながら追いかけてくる。

「非番の日は、あとで確認してみます。君の母上、三重子殿の許可を頂いてからになりますが、街へ連れて行きます」

「約束ですよ」

「ええ。約束です」

返答を聞くなり、八重は足を止めて毅が追いついてくるのを待った。

今度こそ並んで歩き始めると、毅が破顔一笑して、彼女の頭を撫でる。

「八重さんは素直で愛らしいですね。気遣いもできて、優しい」

「私を褒めて機嫌を取ろうとしても無駄ですよ」

「そんなつもりはないのですが……やはり、君は機嫌が悪いのですね」

「そうですよ。本当に乙女心が分かっていらっしゃらないのね」

「その点については申し訳ない。朴念仁《ぼくねんじん》の私に、君の乙女心を教えて頂けますか」

「仕方ありませんね。まず、あなたの手をお貸しくださいな」

芝居がかった口調で言うと、背筋をピンと伸ばして左手を後ろに回した毅が、仰々《ぎょうぎょう》しく右手を差し出してくる。

その手に自分の手を置いて、八重はにっこり笑った。

「乙女心を知りたい時、まずは相手と手を繫ぎます。それから逢瀬《おうせ》に誘って、散歩をしながらお話しするのがいいと思います」

「なるほど。参考になります」

毅は神妙な面持ちで頷き、八重の手を引いて歩き始めた。乙女心を口実にして八重が仕掛けた戯れにも、彼は乗ってくれる。十六も年下の小娘が、何と生意気な——と、怒り出すことはない。

八重は、繋いだ手に視線を落とす。こうして手を繋いでいても、相手を意識して胸を高鳴らせているのは、きっと自分だけなのだろう。そんな確信があった。

大きな八重桜の木の下を通りかかった時、初めて毅と会った時のことを思い出した。

この木の下で毅と桜を見て、自分では枝に手が届かないと話をしたのだ。

あれから八年――八重は成長して十六になった。もう結婚ができる。子供も産める。

そして、兄のように慕っていた精悍な男性に恋もしていた。

「八重さん」

「はい」

「先ほど、私にどうして結婚しなかったのかと訊きましたね。私はもともと、誰とも結婚するつもりがなかったんです」

毅が前を向いたまま告げた台詞は、先ほどの会話の最中に投げかけた質問の答えだった。

「だけど、君に出会った。――私にとって君は〝特別〟です。それを覚えておいてください」

「？」

どういう意味かと尋ねようとした時、母屋のほうから母の呼ぶ声がした。

「どうやら呼ばれているようですね。行きましょうか」

「はい。毅さん」

そう応じて、頭の中では彼の台詞を反芻《はんすう》した。

――私にとって君は〝特別〟です。

その言葉は心地よい響きだが、どうして特別なのか、彼は教えてくれない。

八重はしきりに首を傾げながら、初夏の風に吹かれて緩やかに首を振っている菖蒲の横を通り過ぎ、恋しい許嫁に手を引かれて母のもとへ向かった。

弐ノ章　逢引と悲劇

帝国陸軍、第一師団司令部。新兵の訓練を終えた葛城毅は廊下で立ち止まる。

窓が大きく開け放たれていて、初夏の空が広がっていた。雲一つなく、透き通るような青空を見上げていると、自然と年下の許嫁の顔が思い浮かぶ。

晴《は》れ晴《ば》れとした空のように快活な少女。きっと今頃は女学校で授業を受けているだろう。

休憩がてら窓枠に凭《もた》れて空を見ていたら、同期で軍に入隊した山川敏之《やまかわとしゆき》が廊下の向こうから現れて、毅を見つけるなり片手を挙げて近づいてきた。

「葛城大尉。休憩ですか？　自分もちょうど休憩を挟もうと思っていたところです。少し話しませんか」

「ああ。先ほど新兵の訓練を行なって休憩していたところだ。それと、山川中尉。今は休憩中だ。その話し方はやめてくれないか」

「そうは言われましても、自分は中尉ですからね。ここには周りの目もありますし」

いくら同期で親しくしていても、人前で口調を崩すわけにはいかない。

そう言って笑った山川が、窓辺に佇む毅の隣に並んできた。

「大尉直々に訓練をつけたんですか。どうりで、新兵が大尉の話をしていましたよ」

「私の話？」

「自分も立ち聞きしただけですが『中隊長の訓練は地獄だ』とか、何とか。そんなに厳しく指導したんですか？」

「気が緩んでいるようだったから、やる気がないのなら即刻出て行けと言った。だが、訓練の最中に声を荒らげたことはないし、指導をすると言っても気になったら少し口を出す程度で、あとは見ているだけだ。他の将校に比べたら、私の訓練は幾らかましなはずだが。地獄だと言われるのは心外だな」

毅が鼻梁《びりょう》に皺を寄せて不快感を露わにすると、山川が口角を持ち上げた。

「寡黙に訓練の様子を眺める大尉の視線と、口を開いたかと思えば、冷徹な口調で突き放すように叱りつける様は、新兵たちを震え上がらせるには十分です。それは時として、声を荒らげて怒鳴るよりも遥かに恐怖心を煽《あお》ります」

「いかにも知ったような口ぶりだが、山川中尉もそう感じることがあったのか？」

「まぁ、貴方とは同期ですからね。色々と感じることはありますよ」

「…………」

「そう怖い顔をしないでください。自分はただ、客観的に思ったことを言っただけです。それで、休憩中の大尉は空を見上げながら何を考えていたんですか？」

ここで話すのは憚《はばか》られる内容なので、毅は目線で「ついてこい」と促し、山川を建物の外まで連れて行った。

人けのない場所で足を止めると、山川がおもむろにポケットから紙巻煙草《たばこ》とマッチを取り出す。彼は周りに人がいないのを確かめてから、畏まった敬語をやめた。

「ちょっと一服していいかい。なかなか休憩をとれなくてね」

毅が頷くと、山川が紙巻煙草の箱を差し出してきた。

「葛城、君も一服やるか？」

「私はいい。紙巻煙草は苦手だ」

「煙管のほうが好きだったか」

「最近は、煙管も吸わないようにしている。どうしても臭いがつくだろう。八重さんと会う頻度が増えたから控えている」

「そういうことか。随分と気を遣っているんだな。確かに女性は臭いを嫌がる。うちの嫁も、息子が煙を吸うと咳きこむから、煙草を吸う時は外で吸ってくれと言うよ」

山川は慣れた手つきで煙草に火をつけ、宙に向かって煙をふうと吐いた。先ほど堅苦しく話しかけてきた時の姿とは、まるで別人だった。

軍は縦社会。たとえ相手が旧友だとしても、階級が上ならば職務中は上官として接するのが当然なのだ。

友人が吐いた白い煙は空に流線形の模様を描いて消えていく。それを眺めながら、毅は前置きもなく話を切り出した。

「八重さんとの祝言の日取りが決まった」

「それはおめでたい。許嫁殿と、とうとう籍を入れるんだな」

「ああ。彼女のことは幼い頃から知っているから、きっと大丈夫だろう」

「そうか。……ちゃんと女として見れそうか？」

学生の頃からの知己《ちき》である山川は毅の事情を知っている数少ない人間だった。年下の許嫁の件では、以前から気にかけてくれていた。

「たぶんな」

「随分と、曖昧《あいまい》な返答じゃないか」

「八重さんは、私にとって妹みたいなものだ。初めて会った時から八年も経っているし、気心の知れた相手だが、まだ十六歳の子供だからな。今すぐ女として見るのは難しいかもしれないが、夫婦になってからも時間はある。急がず、ゆっくりやっていくさ」

「ふーん。君がそれでいいのなら、いいんじゃないか。ただ――」

言葉を切った山川が腕を伸ばして、同期の友人ゆえの気安さで毅と肩を組んでくる。

途端に煙草の臭いが顔にかかり、毅は露骨に顰め面をした。

「山川。煙草臭いぞ」

「忠告したら、すぐに離れるさ。気をつけておけ、葛城。女性は、たった数年で化ける」

「化ける？」

「若い女性なら一、二年もすれば別人みたいに成長するってことだ。妹みたいなものだと言いながら高を括っていたら、ちょっと目を離した隙に、妙齢の美しい女性になっていることがある。別人だと目を疑うぞ。ちなみに、これは僕の経験談でもある。相手は今の嫁だ」

「たかが数年で、そんなに変わらないと思うが。これまでも出征して八重さんとは長く離れていた時期があったが、再会しても大きくなったなと思った程度だった」

「それは子供の頃の話だろう。十六なら、これから女らしくなっていくはずだ。今までは子供だと思っていても、気づいたら女にしか見えなくなる。そして、一目で惚れることもある。君は嘘だと思うかもしれないがね。人によっては、そういうことが起こり得るんだよ」

一目で惚れる？　相手が誰であれ、天地がひっくり返っても、あり得ないことだ。

腕組みをした毅がこれでもかというくらい顔を顰めていたら、山川が身を引いて笑った。

「そう怖い顔をするなよ、葛城。許嫁殿に怖がられるぞ」

「彼女の前では、こんな顔はしない。幼い頃に泣かせたことがあるから、怖がらせないように努めているんだ」

「いい心がけだな。嫁に迎える女性には優しく接したほうがいい。まぁ、第一師団の〝鬼の中隊長殿〟が、十六も年下の許嫁殿の前で愛想のいい男を演じていると知れば、新兵たちは卒倒しそうだがね」

「そんなふうに言うのはやめてくれないか。軍務は仕事として割りきっているだけで、彼女と共にいる時の私こそ、本来の私だ。演じているわけじゃない」

「はっ。よく言う」

煙草を吹かした山川が鼻で笑い飛ばした。

「昔っから、君は変わっていないよ。帝国軍人だった親父さんに厳しく育てられた生粋《きっすい》の軍人だ。鬼の中隊長。その呼び名は、分かりやすく君の一面を示していると思うがね。許嫁殿と一緒にいる時の自分が、本来の自分だって言うのなら、僕もこれ以上は何も言わないでおく」

生粋の軍人。毅も軍務に励んでいる身だから、そう言われるのは喜ばしいはずなのに、友人の声色に皮肉が籠もっている気がしたので何とも形容しがたい表情になってしまった。

「しかし、君が優しい男としてふるまっているなんて、どうにも想像がつかないな。せいぜい可愛い許嫁殿を怖がらせないように気をつけてくれよ」

「八重さんを怖がらせるものか。これでも、女性には優しいほうだ」

「葛城。君ときたら、いけしゃあしゃあと嘘をつく。二十代の頃、花街に連れて行った時のことは未だに忘れないぞ。君は美丈夫《びじょうふ》が来たって群がる娼妓《しょうぎ》を払いのけて、今にも殺しそうな目で睨みつけた挙げ句、その足でさっさと帰っただろう。本気で不能じゃないかと疑った」

「山川。言葉には気をつけろ。それに、あれはお前が私を騙して連れて行ったんだ」

不能——さすがに聞き捨てならない台詞だったので、毅が凍てつく眼差しで一瞥すると、山川が悪気のない表情で肩を竦《すく》めた。

「そうとしか考えられなかった、って話だ。君は潔癖なところもあるし、事情を知った今じゃ悪いことをしたと思っている。騙して連れて行った点については、そろそろ水に流してくれないか。とにもかくにも、そんな君が妻を娶る気になったのは喜ばしいことだ」

背中を強く叩かれて、毅が顰め面をしながら「上官の背中を叩くな」と言うと、山川は笑い飛ばした。

話しているうちに山川が煙草を吸い終えたので、二人は兵舎に向かう。

「そういえば、今度、八重さんを連れて出かけることになりそうだ。若い女性に贈り物をする時は、何を選んだらいいんだろうか」

「折角なら、形に残るものでもいいんじゃないのか。祝言を控えた女性に贈るのなら、僕は着物でもいいと思うがね」

「着物か……」

それはいい考えかもしれない。八重には土産としてよく菓子を渡していたが、手元に残る物を贈ったことがなかった。

毅が真剣な表情で考えこんでいたら「中隊長殿！」と、どこからか呼ばれた。そして、建物の向こうから体格のいい男が走ってくる。

「こちらにおられましたか！　中将閣下が呼んでおられます！」

二人の前で立ち止まって報告するのは、毅の直属の部下である真壁慎二《まかべしんじ》。階級は准尉《じゅんい》だ。生真面目な性格の真壁准尉は、上官の毅の前ではいつも真顔を崩さない。

「了解した、真壁准尉。すぐに向かおう」

「真壁准尉は、相変わらず真面目だな。二十代の頃の葛城と、そっくりだ」

山川が真壁准尉の肩を軽く小突くと、准尉は目を細めながら言った。

「山川中尉。中隊長殿と同期というのは知っておりますが、上官の前で軽口を叩くのはおやめになったほうがいいかと」

「いやはや君の言う通りだ、准尉」

准尉の指摘をすんなりと受け入れた山川が口調を戻し、ついでに余計な台詞を付け足す。

「それにしても、まさか休憩中に、大尉と女性への贈り物の話で盛り上がるとは思いませんでしたよ」

「じょ、女性への贈り物……中隊長殿と、そんなお話を……」

真壁准尉が、ひどく衝撃を受けたように目を丸くする。二十代半ばにして未婚、女性に対する免疫がない准尉は、兵たちの間でも厳しいと名高い上官が休憩中に女性への贈り物の話をしていたなどと、予想だにしていなかったのだろう。

まったく余計なことを言うものだと、毅はどこ吹く風の体《てい》でいる友人を睥睨《へいげい》してから、気持ちを職務に切り替えて司令室へ向かった。

◇

約束の朝、毅と外出するということで早起きをした八重は張り切ってめかしこんだ。

白地に紅緋《べにひ》と山吹色でチュウリップが描かれた小紋の着物は、父に頼みこんで用意してもらったものだ。母が選んでくれた萌黄色の名古屋帯を締めて、精緻《せいち》な刺繍の入った白いレェスの半衿もつけた。

髪は後ろで編みこみ、一つに纏めて大きなリボンを結んだ。いつも、両側で三つ編みにしたお下げ髪だったので、髪型の変化だけでも年相応の女らしさが出る。

色白の肌には薄く白粉《おしろい》を乗せて、毅が迎えに来る頃には準備が整っていた。

軍人という仕事柄、時間厳守を常とする毅は約束の時間よりも少し早めに来てくれて、その足で浅草まで連れて行ってくれた。

浅草は帝都でも一、二を争う歓楽街。浅草寺の周辺は様々な遊興施設があり、店舗の軒先には宣伝用の派手なのぼりが出されている。此処には娯楽を求めてやってくる者だけではなく、物見気分で訪れる地方から出てきた者も多く、浅草という町は常に人でごった返していた。

浅草の象徴として有名な凌雲閣《りょううんかく》を遠くに望みながら、八重は興奮で頬を染めた。

「浅草に来るのは初めてです。ねぇ、毅さん。あの高い建物が凌雲閣なのですね」

「ええ。前もって言っておきますが、凌雲閣へは行きませんよ」

「どうしてですか？　一度くらいは上ってみたいです」

八重は期待で目を輝かせながら毅を見上げるが、彼はあっさりと首を横に振った。

「やめておきましょう。凌雲閣の辺りは、あまり風紀がよろしくないので」

「風紀？　そうなのですか？」

「何と説明すればいいか……若い女性が足を運ぶのに相応しくない店が増えていて、君を連れて行くと私が三重子殿に叱られてしまいます」

「ああ……それならば、仕方ありませんね」

八重は遠回しに濁された意味を察し、大人しく頷いた。

明治に建てられた凌雲閣は、以前は観光の名所となっていたが、今は客足が遠のき、周辺には私娼などが在籍するいかがわしい店が軒を連ねていた。

浅草近辺には吉原もあるため、八重が母から浅草行きの許可をもらった時も、いわゆる〝若い女が足を運ぶべきではない場所〟へは行かないようにと言われていた。

気を取り直し、八重は毅と共に浅草を歩き始めた。

「八重さんが浅草に来たことがないというのは意外でした。弥一殿は連れて来てくれなかったのですか？」

「お父様は、いつもお忙しいですから、外へは遊びに連れて行ってくれなかったのです。お母様は出不精ですし、お兄様はご友人と一緒によく来るみたいですが、私を連れて行くと迷子になりそうだからと言って嫌がるのですよ」

「確かに、この混み具合では、気を抜くと逸《はぐ》れてしまいそうですね」

今日、浅草に来た目的は活動写真を見るためだった。だが、活動写真館までの道のりは、右を見ても左を見ても行き交う人の顔で視界が塞がれる。

ただでさえ八重は身長が低いため、背伸びをしなければ周りの建物の外観を見ることすら叶わず、気を抜くと人の波に飲まれて迷子になってしまいそうだった。

歩くだけでも四苦八苦する八重を見かねたのか、毅が苦笑しながら手を差し出した。

「八重さん。逸れないように手を繋ぎましょうか」

「……はい。毅さん」

毅の大きな手に、八重はそろりと自分の手を乗せる。すると、ぎゅっと握られて指先から温もりが伝わった。その熱が身体中を駆け巡り、あっという間に顔まで達した。

毅は八重の手を引いて雑踏の中でも迷わず進んでいく。

客寄せの声、見世物に群がる人々の歓声、どこかで浪花節《なにわぶし》を語っているのか三味線の音まで聞こえてきた。

浅草には好奇心旺盛な八重の興味をそそるものが多々あるというのに、いま彼女の意識は繋がれた手と、隣を歩く毅だけに注がれていた。

毅は千歳緑の着物姿だった。軍服姿の彼も勇ましくて好ましいが、和装の彼も素敵だ。

周りを見るふりをしつつ毅の様子を窺っていたら、八重の視線に気づいた彼がにこりと笑いかけてくる。たったそれだけのことで、彼女の頰に鮮やかな朱が散った。

「っ……」

咄嗟に目を逸らす。早鐘を打つ鼓動の音が、やたらと大きく聞こえた。

毅と手を繋いだことは数えきれないほどある。けれど、二人きりで外出するのは今日が初めてだった。

自分から遊びに連れて行けと言っておきながら、八重は今になって緊張していた。

「八重さん、活動写真館が見えてきましたよ。活動写真を観るのは初めてですよね」

「ええ、初めてです。うわぁ、すごい行列ができていますね」

活動写真館の前には長蛇の列ができていて、八重が目を白黒させていると、毅が苦笑した。

「開演まで少し待つことになりそうです。大丈夫ですか？」

「はい。並んで待っている間は、お話ししていましょう」

「そうしますか。君の話をたくさん聞かせてください」

列に並んで開演を待っている間、二人はとりとめもない話で盛り上がった。

活動写真を観たあと、食事処で昼食をとり、辻馬車を拾って混雑する浅草を後にした。

馬車に揺られながら、八重は窓の外を見ている毅に話しかけた。

「活動写真はすごかったですね。また観に行きたいです」

「気に入ったのなら、いつでも連れて行きますよ。……そういえば、八重さん。ずっと私の手を握っていましたね」

「ああ、あれは、その……毅さんとは反対側の、隣に座った男性の視線を感じていたので、少し緊張して、あなたの手を握ってしまいました」

活動写真館の中で、隣の席に座ったのは書生と思《おぼ》しき若い男性だった。上映中もチラチラと視線を送ってくるので居心地の悪さを覚えて、思わず毅の手を握ってしまったのだ。

「その男は、君を見ていたんですか？」

「たぶん見られていたと思います。そちらに顔を向けるのが憚られて、はっきりとは確認していないのですが……」

毅の眉間に深い皺が寄った。滅多に見ない不愉快そうな表情だ。

「気づきませんでした。そうと知っていれば、君と席を入れ替えたのに。あのような場所で男に視線を注がれるなど、不快な思いをしましたよね」

「いえ、大丈夫です。少し驚いただけですから」

「君はうら若き女性ですから、男の目を惹くんでしょう。次からは私も気を配るようにしますが、もし私の知らないところで同じようなことがあれば、すぐに言うように」

「はい。毅さん」

「しかし、その男も連れのいる女性に不埒《ふらち》な視線を送るなどと、あまりにも分別がない」

八重は横目でさりげなく毅の表情を窺う。彼は依然として顔を歪めていた。どうやら怒ってくれているらしい。

「…………ちゃんと、怒ってくださるのね」

「八重さん。何か言いましたか？」

「何でもありません」

かぶりを振った八重は、毅の肩に凭れるようにして寄り添った。彼は一瞬身を硬くしたものの、ぎこちない手つきで八重の頭を撫でてくれた。

それから、しばらく馬車に揺られて、杉渓屋の店舗がある銀座へと到着した。

八重は馴染みのある目抜き通りを見渡し、首を傾げる。

「毅さん。お買い物でもされるのですか？」

「そのつもりです。八重さんの欲しいものを買いに行こうと思いまして。先日、君の機嫌を損ねてしまったようですから、そのお詫びも兼ねて、私から贈り物をさせてください」

毅が長身を屈めて顔を覗きこんできたため、八重は白皙《はくせき》の頬を薄らと染めた。

「何を贈ってくださるのですか？」

「なにぶん私は乙女心に疎いものですから、何が欲しいのかを教えて頂けたらと」

年上の想い人に至近距離で微笑みかけられ、彼女の鼓動は飛ぶことを覚えたばかりの小鳩のように騒々しい音を立てた。

「何でもいいのですか？」

「もちろんです。遠慮なく言ってください。君に喜んでもらうための贈り物ですから」

非の打ちどころがない完璧な微笑と、甘やかすような声色。

八重がどんな答えを提示しても、彼の魅惑的な唇は躊躇なく是と紡ぎそうだ。

「……あ、ええと……どうしようかしら」

「ここで立ち話をするのも何ですから、歩きながら考えましょうか」

「は、はい……」

ゆるり、ゆるりと、八重の歩幅に合わせた速度で散策が始まった。

何が欲しいのかを必死に考えながら、八重が上目遣いで傍らの毅を見上げたら、彼は目鼻立ちのよい顔を前に向けたまま、ちらと流し目を送ってくる。

目線が絡んだ、その刹那、八重の背筋を甘い痺《しび》れが駆け抜けた。毅は涼しげな表情だが、どことなく甘さを孕《はら》んだ眼差しをしていた。

こんなふうに見られたら秋波《しゅうは》を送られていると勘違いしそうだが、毅のことだから〝八重さんの悩んでいる姿は愛らしいな〟と、心の中では相変わらず妹扱いしているに違いない。

たかが流し目一つで、大人の男が無自覚に振り撒く色香《いろか》にあてられそうになり、八重は勢いよく顔を横に向けた。再び、心臓が暴れ狂い始める。

ふと頭を過ぎったのは、子供の頃に女中たちが噂していたことだった——毅の流し目には色気がある、と。

齢十六、まさに乙女の花盛りの年になって、ようやくその威力を知ったものの、八重には少しばかり刺激が強すぎた。お蔭さまで耳の先まで熱い。

深呼吸を繰り返すことで、八重はどうにか落ち着きを取り戻したが、今度は腹立たしさがこみ上げてきた。

このように振り回されているのは、八重ばかり。毅ときたら澄ました顔で歩を進めている。

よくよく考えてみれば、毅さんったら、私のことを妹どころか子供扱いする時もあるわ。

そう胸中でごちた八重は拗《す》ねた幼子のように唇を尖らせた。

ある程度の我儘《わがまま》ならば、きっと毅は「仕方ないですね」と笑って聞き入れるだろう。けして怒ったりはしない。そもそも怒られた例《ため》しがなかった。

許嫁の方も八重を甘やかしすぎのようね——そう言っていた友人の顔が脳裏を過ぎる。

私もそう思うわ、櫻子。しかも、腹立たしいことに妹扱いをした上で甘やかすのよ。この際だから、ちょっと困らせるか、怒らせてやりたくなってきたわ。

八重は心の中で呟くと、毅の手をぐいと引いた。

「欲しいものが決まりました」

「そうですか。それでは、何を……」

「こちらです」

八重は交差点の角にある百貨店まで許嫁を引きずっていき、少しばかり彼を困らせてやろうという意図を胸に秘めて、宝石や髪飾りが売られている陳列棚の前で足を止めた。

櫛や笄《こうがい》、簪《かんざし》が並べられている一角があって、その中でも高価な鼈甲《べっこう》の櫛に八重の目は釘付けになる。表面は黒漆塗り、螺鈿《らでん》細工で羽を広げた蝶が描かれた櫛だ。光の角度によって螺鈿の蝶が色合いを変える。

とても上品で美しい櫛だが、間違いなく値が張るだろう。裕福な家柄の大人の女性が嗜好《しこう》品《ひん》として手元に置いていそうな代物で、そもそも一介の女学生が所持するような櫛ではなかった。

「それが欲しいのですか？」

本来の目的を忘れて一心に櫛を見つめていたら、毅に声をかけられた。

はっとした八重は、こんな高価な櫛は不要だと出かかった言葉を呑みこみ、つんと顔を上げて応えた。

「はい。この櫛が欲しいです」

「ふむ……」

　毅が顎に指を添えて、陳列棚のガラス越しに蝶螺鈿の櫛をじっくりと眺める。

　さすがに毅も渋るだろう。こんな櫛は君にはまだ早いんじゃないか――と、そう窘める言葉が飛んでくるのを待っていたら、毅が近くにいた店員を呼んだ。

「そこの君、この櫛は笄と一緒に売られているのか？」

「はい。そちらの商品は、櫛と笄の揃いで販売しております」

「そうか。じゃあ、二つとも包んでくれ」

「えっ!?」

　毅が値段も聞かずに二つ返事で購入を決めたので、八重は思わず素っ頓狂《すとんきょう》な声を上げた。

　彼はすでに袖口から財布を取り出しており、上客を前にしてにこやかな店員も目が飛び出るような金額を告げて、梱包を始めようとする。

「毅さん、お待ちください！」

「ん？」

「やっぱり、その櫛は要りませんので、買うなら別の物にしましょう」

「しかし、八重さんはこれが欲しいんですよね。先ほども、この櫛に目を奪われていたようだし……」

「美しい櫛だなと思いましたが、その、私が持つには分不相応すぎて……とにかく別の物にしましょう。お騒がせして申し訳ありません」

八重は店員に頭を下げると、毅の手を引いて百貨店を出た。

高価な物が欲しいとねだって彼を困らせるつもりが、返り討ちに遭った気分だった。

賑わう大通りを、口数少なく歩いていたら、

「八重さん」

と、重々しい口調で呼ばれた。

びくんっと肩が跳ねて、八重はおそるおそる毅を見上げる。

「先ほどのあれは、何ですか?」

いつもより低めの声。秀麗な造りの顔も歪んでいた。これは初めて見る表情だ。

櫛が欲しいと言ったのは八重なのに、購入の意思を告げた途端、やはり要らないと前言撤回して逃げるように店を後にしたのだから、いくら毅であっても怒るだろう。

「……ごめんなさい」

「謝らなくてもいいです。ただ、説明してください。あの櫛が欲しかったんですよね」

「……確かに、あの櫛は綺麗だなと思いましたが、欲しいと言ったのは、毅さんをちょっとだけ困らせたくて……」

「私を困らせたい?」

意味が分かりかねるとばかりに、毅が首を傾げた。

「だって、毅さんは、私が我が儘を言っても怒らないでしょう。そういうのは、何だか子供扱いされている気がするのです。それに、私ばかりが振り回されていて……だから、少し無理なことを言って、あなたを困らせてしまおうと思ったのです。……本当にごめんなさい」

八重は一連の行動について説明しながら、しゅんと下を向く。結果的に、彼に不快な思いをさせてしまった。

毅が長々と息を吐いて、八重の頭にぽんと手を乗せてきた。

「そういうことだったんですね。確かに、あの櫛は高価な代物でしたし、欲しいと言われて少しばかり驚きましたが、八重さんになら似合いそうだなと思ったので買おうとしたんです」

「……私に似合いそうでしたか？」

頭に乗っていた毅の手が位置を変えて、頬に添えられる。

「ええ。君の肌は透き通るように白いですから、黒漆の櫛なら、きっとよく似合う」

しみや雀斑《そばかす》のないすべらかな肌を指先でなぞられ、八重は息を止めた。触れる手つきはひどく優しいのに、軍人として鍛えられた彼の指は武骨そのもので、その差異に震えが走る。

また、私ばかりが彼を意識している――そう気づいても、八重には何もできない。

毅がくれる優しさと甘さに対抗できる術《すべ》はなく、彼の目に自分が女として映っているかどうかさえ分からないから、先刻のように一人で空回りしてしまうのだ。

八重は頬に添えられた毅の手を握り、そっと目を伏せた。彼は十六も年上で、大人の男性。

何だか、とってもずるいわ。

八重が行き場のない不満をぶつけるように、自分から彼の手に頬をぐりぐりと押しつけていたら、毅の表情が一気に柔らかくなった。

「私が怒らないのは、君の言う〝我が儘〟がどれも他愛ないことばかりで、怒るほどのことではないからです。君は私を困らせようとしたみたいですが、あの程度のことでは困りませんし、怒りもしません」

「毅さん……」

そこで、不意に、毅の表情が引き締まる。

「八重さん。覚えておいてほしいのですが、私が君を怒らないという意味ではありません。この先、もし君が誤った選択をしたり、私の目から見て許せないと思える言動をした時は、私とて頭から角を生やして怒りますよ」

「角？」

「ええ。私が角を生やすと怖いですよ。これでも、鬼の中隊長と呼ばれていますからね」

「はい。新兵なんかは、震えおののきながら私のことを恐れています」

「鬼の中隊長……」

真面目な顔をした毅が両手の人差し指を伸ばして角に見立てると、頭に掲げた。

どうやら鬼のつもりらしい。年下の八重に合わせてくれているのか、毅はたまにこうして茶目っ気のある行動をとって、彼女を笑わせるのだ。

　この時も、八重は口元に手を添えながらくすりと笑った。

「毅さんが〝鬼の中隊長〟と呼ばれているなんて、全く想像がつきません。もしかして〝仏の中隊長〟の間違いではないのですか？」

「残念ながら事実なのです。私は恐ろしい上官のようでして」

「えぇ？　何だか信じられません。毅さん、私のことを揶揄っているのですか？」

「揶揄ってなどいません。先ほどから言っている通り、ただ事実を述べているだけです」

「うーん……やっぱり想像ができません」

　鬼の中隊長。そんな呼び方は、八重の知る毅の印象とは合致しない。

　もしかしたら、彼は場を和ませようとして冗談を言っているのではないだろうか。

　八重がくすくすと笑っていると、それを見た毅も顔を綻ばせた。

「さて、君の欲しいものを選び直しに行きましょうか。もし、すぐに思いつかないということでしたら、私としては着物を一式揃えてもいいなと考えていたのですが、どうでしょう」

　着物を一式揃えるとなると、それこそ値が張るだろう。

　八重も呉服屋の娘で、幼少期から店に足繁く通っているため相場は分かる。

「とても嬉しいお話ですが、着物を一式揃えるとなると、それなりに……」

「お金の問題でしたら、君は気にしなくていい。私はこれでも将校ですから、それに見合った給金を頂いています。妻として迎える女性のために着物を誂《あつら》えるのは、甲斐性《かいしょう》のある男なら当然ですからね。どうか、私の顔を立てると思って受け取ってください」

そう言われてしまったら、八重は頷く他ない。結局、着物を仕立てるために実家の店——杉渓屋呉服店へ向かうことになった。

意気揚々と歩く毅と手を繋ぎながら、彼女は小声で愚痴《ぐち》る。

「毅さんはずるいです。あんなふうに承諾を求められたら、私は頷くしかありません」

「君に着物を贈りたいと言っているだけなのに、ずるいと言われるのは心外ですね。それとも着物は欲しくありませんでしたか？」

「そんなことは言っておりません。毅さんが贈ってくださるものなら、たとえ何であったとしても嬉しいです」

「あ、八重さん。近くに紫苑堂がありますよ。豆大福でも買いますか？」

咄嗟に「はい！」と返事をしたら、毅がくっくと肩を揺らして笑い始める。

「素直でよろしい」

「しまったわ、つい……やっぱり豆大福は我慢します。近ごろ菓子を控えているのです」

「君は甘味が好きだったはずですが、何かありましたか？」

「少々ふくよかになってきたと、櫻子に言われてしまいまして。帯もきつくなりましたし、祝言までに少し痩せようと思っているのです」

先日、姿見で確認したら胴もだいぶ太くなっていた。ほっそりとした櫻子の隣に立つと余計に気になるのだ。

八重が大福にも負けないくらい、ふっくらとした頬を摘まんで訴えたら、毅が彼女の全身に素早く視線を走らせて柳眉《りゅうび》を寄せる。

「少しふくよかなほうが、健康的でよいと思いますよ。痩せすぎると身体によくありません」

「そうでしょうか……」

「はい。それに、甘味を美味しそうに食べる君を見ていると、私も元気になります。ふくよかな八重さんも愛らしいですし、そう気になさらずともよいと思いますよ」

「毅さん……そうやって、私を甘やかさないでくださいな……ううっ、どうしよう……豆大福が食べたいです」

八重が葛藤の末に甘味を所望したら、毅が堪らずといった様子で笑い声を漏らす。

「食べましょうか。では、紫苑堂へ――」

進行方向を変えて通りを渡ろうとした時だった。後ろからやって来た若い女性とぶつかってしまう。

「っ……」

「あ、すみません。大丈夫ですか？」

八重が謝ると、よろめいた女性は「大丈夫ですよ」と言って体勢を立て直した。

その女性は仕事帰りなのか、少し乱れた束髪から垂れた後れ毛が色っぽく、儚《はかな》げな相貌が目を惹く美しい人だった。そして、女性は毅の顔を見るやいなや、小さく息を呑む。

毅は美丈夫だ。年齢を重ねても若々しく、一目で女性の心を奪う麗しい容姿を持っている。

案の定、その女性も毅の面立ちに目を奪われたようで、ぼうっと見つめたあとで我に返ったように頭を下げて去っていく。

八重が何とも言えない気持ちで見送っていたら、女性が数歩も歩かないうちにハンカチーフを落とした。

「あっ、ハンカチーフが……」

拾ってあげようと足を踏み出しかけた八重は、ぐんっと腕を引かれて動きを止める。

弾かれたように隣を見たら、毅が彼女の腕を強く握って引き留めていた。

「毅さん？」

「…………」

「早く拾ってあげないと、行ってしまいます」

そんなものは放っておけばいい。そう言いたげな表情をしていた毅が、深々と息を吐く。

「私が行ってきます。君はここにいて」

毅が八重の腕を離し、ハンカチーフを拾ってから女性を追いかける。彼が声をかけると、女性が勢いよく振り返って恥ずかしそうに頬を染めながら受け取った。

遠巻きに二人の姿を眺めていた八重は、胸の前で右手をぎゅっと握りしめる。

ハンカチーフをしまった女性は、毅と二言、三言交わしている間も落ち着きがない。彼を意識しているようだ。

八重が隣にいる時は兄妹《きょうだい》にしか見えないだろうに、毅があの女性と並んでいると美男美女の組み合わせなので、何だかお似合いの二人に思えた。

「……私が、もう少し成長して、美しい女性になれたら……」

あんなふうに毅と並んで、お似合いだと思われるようになるだろうか。

その時は兄妹ではなく、夫婦に見てもらえるだろうか。

そんな詮無いことを考えているうちに、毅が仏頂面で戻ってきた。

「毅さん、届けてくださりありがとうございました。あの方、何か言っていましたか？」

「何か、とは？」

「少しお話ししていらしたようなので」

「ああ……」

八重は生返事をする毅の顔を見て、ぎくりと身を強張らせた。

女性はすでに雑踏の中に消えていたが、そちらを一瞥した毅の横顔には、ひどく冷めた表情が張りついていた。

その表情には、どこか蔑《さげす》みにも似た感情が含まれているように思えて——八重が固まっていたら、毅は先ほどの女性には興味の欠片《かけら》もないといった口ぶりで告げる。

「礼を言われただけです。そんなことより、早く豆大福を買いに行きましょう」

表と裏で模様の違う紙をひっくり返したみたいに、ひどく刺々しかった毅の空気ががらりと変わった。いつもの優しい彼が戻ってくる。

「……はい。行きましょう」

八重はそう答えたものの、先ほどの毅の表情が脳裏に焼きついて消えなかった。

とても優しくて、甘やかしてくれて、元気いっぱいでお転婆な八重を微笑みながら受け入れてくれる、大好きな許嫁――その彼がほんの一瞬だけ見せた冷徹な表情は、まるで知らない人のようだった。

◇

「……本当にごめんなさい」

八重がしょんぼりと下を向く。

若い女性の乙女心とやらは難しいものだな。

百貨店から毅を連れ出し、言いにくそうに「あなたを困らせてしまおうと思ったのです」と白状した許嫁を前にして、毅はそう思った。

彼の許嫁——八重は子供扱いされるのが嫌なのだろう。毅にしてみれば、八つの頃から彼女を見ているから、つい子供として接してしまうことがある。それを八重は聡く感じ取っているようだ。

毅も彼女と籍を入れるからには態度を変えていかなければなるまいと考えているが、八重に対しては、どうにも〝愛らしい妹のような存在〟という感覚が拭えない。

これぱかりは、しばらく時間が必要だなと思いながら、彼は口を開いた。

「そういうことだったんですね。確かに、あの櫛は高価な代物でしたし、欲しいと言われて少しばかり驚きましたが、八重さんになら似合いそうだなと思ったので買おうとしたんです」

「……私に似合いそうでしたか？」

自信なさそうに目線を伏せる彼女の頬へと、毅はそっと手を添えた。

「ええ。君の肌は透き通るように白いですから、黒漆の櫛なら、きっとよく似合う」

愛し子を慈しむように頬を撫でてやれば、八重はその手を上から握って自分から頬を押しつけてくる。幼い仕草を見ていたら、やはり子供みたいだなと思ってしまうが、彼女の一途な想いは汲んでやらねばならない。

先日、面と向かって「女性としては見てくださらないのですか？」と問われたが、毅も許嫁の少女から向けられる想いにはとっくに気づいていた。

彼は女性からの熱の籠もった視線や、ある種の媚びが交じった態度にはことさら敏感な性質《たち》だから、もとより気づかないはずがないのだ。

一方的にぶつけられるそういった感情は、毅を陰鬱《いんうつ》な心地にさせることがあるけれど、八重の場合は違った。彼女は他の女たちのように下心や媚びなど一切なく、穢《けが》れのない真摯《しんし》な想いを捧げてくれる。

毅とて、そんなふうに慕われたら嬉しく思う。純真な彼女が愛らしくもあった。

もちろん、想いに応えてやりたいとも感じるが――それは、夫婦になってからゆっくり育んでいけたらと考えている。

「私が怒らないのは、君の言う〝我が儘〟がどれも他愛ないことばかりで、怒るほどのことではないからです。君は私を困らせようとしたみたいですが、あの程度のことでは困りませんし、怒りもしません」

八重のすることに、毅はほとんど腹を立てたことがない。

よほどのことでなければ、些細な悪戯《いたずら》や我が儘など笑って許せるほどに、毅は彼女を可愛がっていた。

たとえ、それが異性の愛情ではないとしても――毅にとって、八重は〝特別〟なのだ。

和気藹々《わきあいあい》とした会話を挟んだら気落ちしていた八重も元気を取り戻し、着物を仕立てる承諾を得たので、杉渓屋呉服店へと向かうことになった。

しかし、道すがら豆大福を買うことになり、菓子屋へ寄ろうという話になった時のこと。

背後からふらふらと歩いてきた女が、ぶつかってきた。

「あ、すみません。大丈夫ですか？」

相手を気遣って謝る八重を横目に、毅は女に声をかけることすらしなかった。

八重は気づいていないようだが、明らかに女のほうからぶつかってきた。わざと身体を当てて財布を掠《かす》めとる掏摸《すり》の手口かと思ったが、女の顔に疲労の色が浮かんでいたので、おそらく仕事帰りで疲れていて前を見ていなかっただけだろう。

たった数秒の間にそこまで観察と分析をしていたら、苦笑しながら「大丈夫ですよ」と答えた女が、毅を見るなり息を呑んだ。そして、ぽっと頬を赤らめる。

……ああ、またか。

心中で苦々しく吐き捨てた毅は笑顔を瞬時に消して、すっと目を逸らした。

だが、直後に女がとった行動で、毅は歯噛みしたくなった。わざとハンカチーフを落として行ったのだ。袖の下で手が不自然に動いていたのを、彼は見逃さなかった。

親切な八重が、拾って追いかけようとするのを咄嗟に止める。

「毅さん？」

「…………」

「早く拾ってあげないと、行ってしまいます」

眉を八の字にして困惑する八重を前にして「そんなもの拾う必要などない」と言いそうにな

ったが、心配そうに見つめてくる少女の親切心を無下にはできず、毅は渋々と口を開く。

「私が行ってきます。君はここにいて」

刺繍の入ったハンカチーフを拾い上げて、ゆっくり歩いている女を呼び止めた。

「すみません。これを落とされましたよ」

「ああ、ありがとうございます。……あのっ……！」

さっさと戻ろうとしたら、案の定、呼び止められた。

「先ほど私がぶつかってしまったのは、あなたの妹さんかしら。少し疲れていて、前を見ていなかったものですから、申し訳ありません」

「……………」

「あなた、お名前はなんとおっしゃるの？　もしよければ、教えてくださると……」

「自分は軍人ですので、見知らぬ相手には不用意に名乗らないようにしています。それと、貴女がぶつかった相手は私の許嫁ですから。失礼します」

毅は淡々と説明して、唖然とする女を放置して八重のもとへ戻った。

わざとハンカチーフを落とし、意中の男に追いかけさせる手法。八重が拾って追ったとしても会話のきっかけとなる。

ああ、女というものは、本当に狡猾で嫌気が差す――。

「毅さん、届けてくださりありがとうございました。あの方、何か言っていましたか？」

「何か、とは？」

「少しお話ししていらしたようなので」

「ああ……」

暗鬱《あんうつ》な気持ちを素早く切り替えて、毅は笑う。

「礼を言われただけです。そんなことより、早く豆大福を買いに行きましょう」

今は八重と一緒にいるのだ。不愉快な出来事など、さっさと忘れてしまおう。

大人しくついてくる八重を伴い、老舗菓子屋の紫苑堂で豆大福を購入して、店先に用意された長椅子に腰かける。

幸せそうに豆大福を頰張っている八重を見守りながら、毅は彼女に倣って大福を齧った。

もちもちの求肥《ぎゅうひ》の食感は心地よく、餡子《あんこ》の甘さが一気に口の中へと広がる。

「豆大福、とても美味しいですね。何個でも食べられそうです」

「一口齧ってしまいましたが、よければ私の大福も食べますか？」

「何をおっしゃるのですか。何個でも食べられそう、というのは美味しいという意味の例えであって、私は痩せようとしているのですから一個で十分なのです」

「では、半分こにしましょう」

一口だけ齧った大福を、横へ伸ばしながら器用に二等分して、八重の手に乗せてあげた。

「毅さん、そうやって私を甘やかすのはやめてくださいな」

「要らないのなら返して頂いてもいいのですよ」

「……食べます」

「素直でよろしい」

彼女と過ごす時間も、交わす会話も、どうしてこんなに楽しいのか。

毅は長い足を組んで、大福を口に詰めこむ少女を眺めながら微笑む。

二つに分けた大福をたいらげて、お茶を飲みながら談笑していると、八重が提げていた巾着袋の中から長めの髪紐を二本取り出した。

「毅さん。手を貸して頂けますか」

毅が請われた通り手を差し出したら、八重は彼の小指に一本目の紅い紐を結びつける。

蝶々結びにされた髪紐を怪訝そうに見つめていると、二本目の紐を自分の小指に結ぼうとしていた八重が、もどかしげに「毅さん、結んでくださいませんか」と頼んできた。

「これは、願掛けか何かですか？」

「似たようなものです」

細い小指に髪紐を結んでやったら、八重は毅の小指から垂れ下がる紐の端を持ち上げて、一本の髪紐を丁寧に結んだ。

そうして、二人の小指が紅い糸で繋がった。

「本で読んだのですが、結ばれる運命の相手とは、こうして紅い糸で繋がっているそうです。

毅さんと、繋がっていたらいいなと思って」

八重が頬を桜色に染めながら無邪気に笑う。その笑顔につられて毅も笑む。

「そうですね。君と紅い糸で繋がっていたら、それは素敵な話です」

小指に結ばれた運命の紅い糸。まるで児戯《じぎ》のようなやり取りであっても、八重が小指を見つめて嬉しそうにしているから、毅もそれに合わせた。

いつしか太陽が西に傾いて夕暮れが近づいていた。少し長居をしてしまったようだ。

日暮れ前に、呉服店へ行かなければなるまい。とはいえ彼女の実家なので、着物を一式揃えたいという意思だけ伝えておけば、弥一が便宜を図ってくれるだろう。

ふと、毅は空を横切っていく数羽の黒い鳥に気づいた。

「……鴉《からす》？」

漆黒の翼を大きく広げて飛んでいく鴉の姿は別段、珍しい光景ではないが、その日はやたらと「カァ、カァ」と鳴いているものだから気になった。

俗説だが、鴉は不吉の印と言う者がいる。一方で、吉兆の証だと嘯《うそぶ》く者もいる。

あの鴉は吉と凶、どちらを示しているのだろうなと、毅は何げなく空を見上げていた。

◇

実家の店まで着物を一式仕立ててもらう旨を伝えに行ったが、父はすでに帰宅していて店にいなかったので、代わりに兄の良太が対応してくれた。

毅に屋敷まで送ってもらう頃には、夜の帳《とばり》が下り始めており、街路には帰宅を急ぐ人の姿が多く見受けられた。

「毅さん。今日は一日、ありがとうございました」

「こちらこそ、よい休日を過ごすことができました」

屋敷の門の前で、二人は礼儀正しくお辞儀をして挨拶を交わす。

しかし、別れる前に、八重にはどうしてもやりたいことがあった。毅を待つ人力俥をそこで待機させて、門の陰まで許嫁を連れていく。

「八重さん？」

「……あ、あの……」

不思議そうにしている毅を見上げて、八重はなけなしの勇気を振り絞って告げる。

「毅さんに、お願いがあるのです。もし、可能でしたら……私に……接吻を、してくださいませんか」

恋い慕う男性に接吻してほしい。そんな想いから懇願してみたら、毅が目を瞬かせて困ったように頭をかいた。

「接吻、ですか。しかし、ここでは……」

「一度だけで、いいですから」

八重がぎゅっと目を閉じて背伸びをしながら待っていると、毅の気配が近づいて頭に手が添えられた。顔に彼の吐息が降りかかり「あっ」と声が出そうになるのを堪えていたら、唇ではなく、額に柔らかいものが押しつけられた。

「っ……」

「今はまだ、これで」

八重のつるんとした額に口づけた毅が、彼女の頰を撫でる仕草をして踵を返す。

離れていく許嫁の温もりに惹かれるようにして、八重は彼の後を追った。

「毅さん……」

「また、君に会いに来ます。次はゆっくり祝言の話をしましょう」

近くの外灯の明かりが、振り返った毅の顔を照らす。彼がひらり、と手を振った。

「おやすみなさい。八重さん」

「おやすみなさいませ。お気をつけて」

毅の乗った人力俥が宵闇に紛れて見えなくなっても、八重はその場に佇んでいた。柔らかな唇の感触が残る額に触れながら火照《ほて》った顔を伏せる。

「やっぱり、毅さんはずるいわ」

大好きな許嫁は大人の男。彼女を子供扱いして、妹みたいで愛らしいと口にして、八重の心をかき乱すのが上手い。一筋縄ではいかない人だ。

八重は紅い紐が蝶々結びにされた小指を見つめると、門をくぐって玄関に向かう——その時だった。どこからか、鴉の「カァ、カァ」という鳴き声が聞こえてくる。

「鴉？」

空を見上げて探してみるが、闇に紛れて鴉の姿は見つけられなかった。

八重は小首を傾げつつ玄関の戸を開けて、その途端、鼓膜を貫いた怒声に身を震わせる。

「今すぐ帰れっ！」

弥一の怒鳴り声が響き渡り、八重を押しのけるようにして男が玄関から飛び出してきた。

「ええい、二度とその顔を見せるんじゃない！　三重子、塩は持ってきたか!?」

必死の形相で何度も転倒しながら逃げていく男は、貿易商の村田平次だった。

弥一が門のところまで走っていき、勢いよく塩を撒いている。

「おかえりなさい。八重」

「ただいま、お母様。何があったの？」

玄関先まで出てきた三重子に尋ねたら、小声で説明してくれた。

「あの男が金の無心に来たのよ。どうやら商いがうまくいっていなくて、借金を作っているようなの。以前は、うちも取引をしていたけれど、最後の取引では前払いをした商品が届かなかった。詐欺で訴えない代わりに返金されて、それきり疎遠になったわ。でも最近になって、昔のよしみで金を貸してほしいと頼みにくるようになったの。たぶん、うちだけじゃなく、懇意にしていた取引先を回っているのでしょうね」

「だから、先日も家を訪ねてきたのね」

「ええ。八重が女学校へ行っている間にも何度か来ていたわ。あなたのお父様も義理を立てて一度だけ貸したけれど、村田平次は金を返すどころか、もう少し貸してくれと無心を繰り返すようになってね。あまりにしつこいものだから、とうとうお父様の堪忍袋の緒が切れたのよ。客間でも盛大に怒鳴りつけていたから、村田平次は震え上がっていたけれど」

父の弥一は穏やかな性格だが、生粋の商売人だ。以前に一度裏切られたことがあり、尚且つ村田が自社の利益を上げるよう努めるのではなく、たびたび金の無心をしてきたので頭に来たのだろう。

仏の顔も三度まで。義理を立てて一度は金を貸し、その金が返ってこないだけでなく更に金を貸せと言われた時点で、追い返すのは当然だろう。

腹の虫が収まらないといった様子で弥一が戻ってくる。

三重子が物憂げな表情を浮かべ、夫の腕に手を添えた。

「あなた、大丈夫ですか？」

「ああ。まったく、あの男ときたら口を開けば金を貸せとばかり。また来たら追い返せ」

「使用人にも言っておきます」

心配そうに声をかけたら、怒り心頭で周りが見えなくなっていた弥一も、ようやく娘が帰宅していることに気づいたらしい。

「お父様……」

「八重、帰っていたのだな。毅様は、もうお帰りになられたのか？」

「うん。門の前まで送ってくださったの」

「そうか。……お前は部屋に行っていなさい。私は母さんと話があるから」

八重は父の言いつけに大人しく従い、両親をその場に残して部屋に戻った。


湯上がり、生乾きの髪をそのままに蒲団に横たわり、八重は天井を見上げていた。

おもむろに小指を掲げると、紅い紐で可愛らしい蝶々結びがされている。湯を浴びる際に一度外したが、女中のはつに結び直してもらったのだ。

八重はその手を胸に押しつけて欠伸《あくび》をする。一日中、毅と一緒に歩き回ったので、いつもより早く眠気が訪れていた。

寝る前に櫻子から借りた本を読むのが習慣になっているが、ひどく疲れているせいか、今日は瞼が重たくて仕方がない。

八重は白熱電灯を消し、蒲団に潜りこんだ。

閉めきられた障子の向こうからは虫の声一つ聞こえず、夜陰に包まれるようにして彼女は目を閉じた。

「……そうだ……着物の、お礼に……毅さんに、浴衣を、縫って……」

自分の声が遠ざかっていく。独り言も寝息に変わり、八重は深い眠りに落ちていった。

◇

夕餉をとり、毅が食後のお茶を飲みながら新聞を読んでいたら、片づけを終えた女中頭の志乃が居間に現れた。

「毅様。ちょっとよろしいですか」

「何だ、志乃」

「八重様を本宅にお迎えするにあたって、お部屋の支度をしたいのですが、どちらのお部屋に致しますか。毅様のお部屋の隣でよろしいのでしたら、掃除をしておきますが」

「そこで構わない。日当たりもいいし、庭も一望できる。八重さんも気に入るだろう」

「かしこまりました。それから明日なのですが、恒様が美佐子《みさこ》様と清《きよし》様を連れて夕餉を食べにいらっしゃるそうです。八重様との祝言の準備について、お話がしたいと」

「分かった。私も明日は早めに帰るようにする。夕餉の支度をしておいてくれ」

用件を伝えても志乃が居間を出て行かないので、毅は紙面から顔を上げる。

「志乃?」

「かしこまりました」

「毅様。差し出がましいことを申し上げますが、ご親族の方々をご祝言に招かれるのならば、八重様には少し早めに本宅にお入り頂き、当家のしきたりや礼儀作法についてお教えして差し上げたほうがよろしいのではないかと思います」

「確かに、そのほうがいいかもしれないな。弥一殿と話しておく」

「本来であれば、葛城家当主の奥方様が八重様に色々とお教えするべきですが、今回は私《わたくし》がお教えしても、よろしゅうございますか?」

「ああ、お前になら任せられる。しかし、志乃。八重さんが来るのを、随分と心待ちにしているようだな」

「この本宅には長いこと奥方様がいらっしゃいませんので、毅様のもとに若いお嬢様が嫁いできてくださることが、この志乃も喜ばしいのです。それに、八重様はとても元気がよく利発なお嬢様でございますから、私も腕が鳴るというものですよ」

「やれやれ。八重さんも大変だな」

志乃は皺の入った目元を緩めると、頭を下げて居間を出て行った。

弟の恒も妻帯してから家を出てしまったため、広い葛城邸には毅が一人で暮らしている。

そこへ八重が来るとなれば、きっと賑やかになることだろう。祝言を心待ちにしている志乃の気持ちも分かるなと、毅は笑みを零した。

新聞を隅々まで読んでいたら、いつの間にか遅い時間になってしまい、湯浴みをして寝所へ向かう頃には夜更けになっていた。

小さな欠伸をしながら廊下を歩いていた毅は、庭に面する渡り廊下に差しかかったところで異変に気づく。

どこかでカンカン！　と甲高い鐘の音が鳴り始めて、唸《うな》るようなサイレンが響き渡った。どうやら火事が起きたらしい。

毅は音のするほうへと視線をやり、軽く目を見開いた。

まるで黄昏時のように空が朱色に染まっている。

「空が、赤い……」

ぽつりと、そう呟いた時だった。

「毅様っ、毅様っ……！」

寝る支度をしていたのか、浴衣姿の志乃が顔面蒼白で廊下を走ってくる。

「大変でございます！　つい先ほど、通いの女中が血相を変えて戻って参りまして、どうやら杉渓家のお屋敷が火事のようなのです！」

「何だと？」

「屋敷は大きく炎上していて、家人の安否も不明だとっ……」

「すぐに支度をして、杉渓家へ向かう！」

毅は表情を強張らせて足早に部屋へ向かった。頭を過ぎったのは、杉渓家の住人たちと許嫁の顔だった。

「八重さんっ……」

どうか、無事でいてくれ。

◇

杉渓良太は、仕事の重要書類が詰まった箱を抱えたまま、炎上する屋敷を呆然と見ていた。

火が出ていると気づいてから、それほど時間は経過していないのに、無慈悲な焔は瞬く間に屋敷を飲みこんでいく。

「ああっ、あぁ……何てこと……」

つい先ほど、父の弥一に抱えられるようにして避難した母の三重子が、両手で顔を覆うと泣き崩れた。

弥一もまた、重要な印鑑と通帳が入ったアルミの缶を小脇に抱えながら、焔に巻かれて灰と炭に変わっていく屋敷を前にして立ち竦んでいる。

住み込みの女中たちも無事に逃げ果せたらしく、皆、寝巻きの浴衣に厚手の上着を羽織っただけの格好だった。

夜半だというのに、激しく燃え上がる焔のせいで空は真昼のように明るかった。

鳴り響くサイレンと鐘の音。近所の者たちも大騒ぎで駆け回っており、消防組にも連絡が行って、ポンプ式の消防車を手配してくれているところだ。

半ば放心状態で立っていた良太は、三重子の呟きで我に返る。

「……八重？　八重は、どこにいるの？」

「そういえば、八重っ……八重!?」

娘の姿が見当たらないことに弥一も気づいたらしく、険しい形相で捜し始めた。

「あぁ……八重……どこなの、八重っ……！」

「八重のやつ、まさか、まだ屋敷の中にいるのかっ……母さん！」

良太は、取り乱しながら娘の名を連呼している三重子のもとへ駆け寄り、抱えていた箱を押しつけた。

弥一はすでに八重が屋敷の中に取り残されていると判断したらしく、井戸から汲み上げた水を頭から被っている。

良太は父に倣って大量の水を被り、髪が焼けないように上着を被ると、三重子の悲鳴を聞きながら屋敷に飛びこんだ。

「良太！　私は八重の部屋へ向かう！　お前は居間のほうを捜すんだ！」

「分かったよ、父さん！」

足の裏が焼けないよう玄関先に転がっていた靴を履いて、八重を捜し始める。

屋敷の中はあちこちから火が出ていて、障子は焼け落ちていた。パチパチと音を立てながら柱や壁が燃えている。燃えて脆《もろ》くなった床が抜けそうになり、何度か転びかけた。

「八重！　どこだ！　いるなら、返事をしろっ……！」

庭に面した居間は火の手が回っており、すでに足を踏み入れることができなくなっていた。

仕方なく厨《くりや》のほうへ向かうが、進むにつれて、あまりの熱さに呼吸もままならなくなる。

良太は煙を吸わないように上着の袖で口元を押さえながら妹の名を呼び、そして、どこからか細い声を聞き取った。

「……お、おにい、さま……ここ、よ……」

八重の声がするほうへと走っていくと、ようやく妹の姿を見つけた。

厨の前で、八重は倒れていた——彼女は板戸の下敷きになり、その上から重石のように燃えた柱が乗っていて、身動きが取れない状態だった。

◇

喧騒と焔の熱さで八重が目を覚ました時には、すでに部屋の障子は燃え始めていた。疲れて寝入っていたせいで逃げ遅れたのだ。

灼熱の焔が全てを焼き尽くしていく。お気に入りの調度品も、大切にしていた髪飾りも、友人から借りた本や女学校の教科書も、それにまつわる思い出ごと灰になっていく。

眠気が飛び去り、八重は蒲団の上で震えていたが、すぐに両手で頬を叩いた。

「っ、すぐに、逃げなきゃ……しっかりしなさい、私……！」

自分に気合いを入れて、浴衣に厚手の上着を羽織ると、焔を避けながら部屋を出る。

八重の部屋は屋敷の奥まったところにあり、障子の向こうは中庭に面しているものの、高い塀と家屋に囲まれていて外へは直接出られない。避難するためには表の庭園に出るか、玄関へと続く廊下に出なくてはならなかった。

手っ取り早く庭園のほうへ回ろうとするが、廊下が火の海になっていた。このまま行くと足の裏が焼けてしまう。

八重は取って返し、上着の袖で口元を押さえながら厨を目指す。そこなら水があるはずだ。

とにかく頭から水を被るなりして、どうにかして庭園に出るか、焼ける廊下を突破して外に出なくてはならない。厨ならば裏口から外に出られる可能性もある。

「げほっ……げほっ……」

熱風を吸ってしまい、八重は咳きこんだ。

……熱い、熱い……熱くて、息ができない。

厨が見えてきたが、煙が肺に入ったのか、もうすぐ着くというところで目眩《めまい》を覚えて、八重は片膝を突いてしまった。

立ち上がれ、立ち上がらなければ焼け死ぬぞ。

八重は自分を叱咤して足に力を入れると、よろめくようにして厨の板戸に手を突いた。

——これが、運命の分かれ道。

ふらついて体重をかけたせいで板戸が外れ、八重はそのまま厨の床に倒れこんだ。

すると、反動でもう一枚の板戸まで外れてしまい、彼女の上に倒れてきた。

「あぁっ……」

起き上がろうともがいた八重の視界の端で、下のほうが焼けて不安定になっていた近くの柱が、めらめらと焔を纏いながら傾《かし》いだのが見えた。真上に落ちてくるそれを、ただ為す術もなく目で追う。

その直後、逃げる暇なく背中にギシッと重量がかかって、八重は板戸ごと押し潰された。

幸か不幸か、接する面が広い板戸のお蔭で柱の重さは分散されたものの、却《かえ》って身動きが取れなくなってしまう。そこへ畳みかけるように煙が襲ってきたので、八重は袖で口を押さえて吸いこまないようにした。

「ううっ……うっ、誰か……誰かっ、助けてぇ……！」

悲鳴を上げても焔の音にかき消される。

床に張りついたようになった八重のもとへ、四方八方からパチパチと不吉な音を立てながら暴虐の焔が這い寄ってきた。

「ああ……ああ……」

その場は、まるで地獄のような有様だった。

彼女のちっぽけな命など、焔を一吹きされただけで塵芥《ちりあくた》のごとく奪われるだろう。

「お父様っ……お母様っ、お兄様ぁっ……助けてっ……」

必死に助けを請うていたら、目の端に自分の小指が飛びこんできた。

蝶々結びになっている紅い紐──その端に焔が燃え移っている。

「っ……！」

八重が慌てて結び目を解き、紐を遠くへ放り投げると、あっという間に燃え上がる。

それを見ながら、八重はぽろぽろと泣き出した。

「あぁ……毅さんっ……」

恋い慕う許嫁の名を呼んでも、こんな場所からでは届くはずもない。

柱から板戸に火が燃え移ったのか、背中がじわじわと熱くなり始めて、徐々に意識が遠のいてきた。

このまま気を失ったら死んでしまう。それが八重にも分かっていたから、煙を吸わないようにしながら頬や腕を抓《つね》って意識を保とうとする。

しかし、次第に目の前が霞んできた。背中の熱さが尋常ではない。

……ああ、私は、ここで死ぬのかもしれない。たくさんの思い出が残る屋敷もろとも、焔に焼かれて骨まで灰になるのだ。

そう思った時、走馬灯のように両親と兄や友人たちの顔が過ぎっていき、最後に大好きな人の顔が頭の中に浮かんだ。

「……毅さん……」

死ぬ前に、あの人に、お慕いしていますと伝えたかった——。

ふっと意識が飛びかけた時、どこからか兄の声が聞こえた気がした。

「八重！　どこだ！　いるなら、返事をしろっ……！」

今度ははっきりと兄の声が耳に届いた。助けに来てくれたのだ。

「……お、おにい、さま……ここ、よ……」

弱々しく呼んだら、焔の向こうから良太が現れた。

「八重っ……！」

「……たす、けて……重くて、動けないの……背中が、すごく熱い……」

「待っていろ。今すぐ助けてやるからな。……父さん！　父さーんっ！　厨の前だ！　八重がいたよ！」

良太が板戸の端に手をかける。少しでも隙間を作ろうとして彼が奮闘している間に、呼びかけを聞いた弥一も駆けつけて、二人がかりで八重を下敷きにしている板戸を持ち上げた。

背中を押し潰していた板戸の間に隙間ができたので、八重は最後の力を振り絞って身体を引きずり出す。

「よく頑張ったな、八重。もう大丈夫だからな。さぁ、早く逃げるぞ」

「八重は俺が背負うよ」

父が火傷の痛みで泣きじゃくる八重に素早く上着をかけて、兄が背負ってくれる。

そこから先、しばらく八重の意識は飛んで、再び目を開けた時には屋敷の外にいた。

傍らでは母が泣いていて、手を握ってくれている。

火事に巻きこまれた衝撃と火傷の激痛により、記憶が混濁していた八重は、どうしてお母様は泣いているのかしらと思った。

「八重さん」

あら、毅さんの声がするわ。こんな夜更けにどうしたのかしら。

八重が焦点の合わない目をあちこち泳がせていたら、毅が顔を覗きこんでくる。

「私が分かりますか？」

「しのぶ、さん……私ったら、こんな、寝巻きの姿で……あなたに会うなら、もっと、お洒落を……」

か細い声で囁いたら、毅の顔がぐしゃりと歪んだ。

いつもみたいに微笑んでほしいのに、彼はとても哀しそうな表情をしながら、唇を噛みしめて何度も首を横に振っている。

八重は瞬きをして、慌ただしい火消しの音に顔を顰めてから、泣いている母と屋敷に飛びこんであちこち火傷している父と兄の姿を順繰りに見やり、ようやく自分が火事に巻きこまれたという記憶を取り戻した。

炎上した屋敷の中から彼女は救出されて、柔らかい草地に寝かされているのだ。

状況を理解した途端、背中の痛みが激しくなってきた。生まれてこの方、こんな酷《ひど》い痛みを感じたことはない。

「うっ……ぐっ……」

「もうすぐ医者が来ます。それまでの辛抱ですよ」

毅が励ますように声をかけてくれるが、八重は耐えきれずに涙を溢れさせる。

焼けた柱の下敷きになり、救助されるのも遅かった。これは、たぶん軽い怪我で済むものではないだろう。自分の身体のことだから、よく分かった。

八重は涙で歪む視界に毅を入れる。

今この場で言っておかなくてはならないと思った。

もしかしたら、もう二度と彼に想いを告げる機会がないかもしれないから、伝えられる時に伝えておかなければ絶対に後悔する。そうして、彼女は震える唇を動かす。

「毅さん……聞いて、ほしいことが、あります……」

「何ですか？」

「私……あなたの、ことを……幼い頃から、ずっと……お慕い、していました……」

毅が息を呑んで瞠目《どうもく》する。こんなに驚いている彼の顔を見るのは、きっと最初で最後だろう。

八重はそう確信しながら、力の入らない手を持ち上げて彼の頬に添えた。

毅さん。

私の、大好きな人。

「だから……あなたと、夫婦になるのが……とても、楽しみ、で……」

「私もですよ、八重さん。君と夫婦になる日が楽しみです」

「本当……？　とても、嬉しい……だけど、毅さん……これは……私の事情で、申し訳、ないのですが……」

このまま死ぬかもしれない。たとえ治療を受けて生き残ったとしても、おそらく疵物《きずもの》となった自分は誰かのもとに嫁ぐ資格を失ったのだと、賢《さか》しい彼女は感じ取っていた。

だからこそ、自分のために――何よりも毅のために、八重はその言葉を口にした。

「……あなたとは、結婚、できなくなりそうです……ごめん、なさい」

「いきなり、何を言い出すんですか。結婚はやめません。君は私の許嫁ですよ」

「……許嫁も……今日で、終わりです」

身体が痛い。瞼が重たい。意識を保っているのが、億劫《おっくう》で仕方がない。

八重は毅の顔を見つめたまま、ゆっくりと目を閉じていく。わななく唇を動かして囁いた。

「……きっと、毅さんには…………他に、よいご縁が……あります」

「っ……！」

「医師が到着したようです。毅様、そこを退いて頂けますか」

父の声だ。たぶん、近所の診療所の医師が来てくれたのだろう。

周囲がより一層、慌ただしくなって、八重もそのまま泥のような眠りにつきそうになった。

刹那、手をぎゅっと握りしめられ、耳元で感情を押し殺したような低い声がする。

「――相手が君じゃないのなら、私は生涯、誰も娶るつもりはありません」

もし、これが死出《しで》に旅立つ前に聞く最後の言葉ならば、なんて幸福なのだろう。

八重はかすかに頬を緩めると、完全に意識を手放した。

この日、恋する人と結ばれることを願った八重の夢は残酷な焔によって泡と消え、運命の紅い糸も焼けて跡形もなくなり、彼女の純真な恋心ごと灰になった。

参ノ章　離別と再会

杉渓家の火事の一件は、瞬く間に帝都に広まった。

突如、深夜に起きた火事により、杉渓屋呉服店の一家が住む屋敷が全焼。

迅速に駆けつけた消防組と近所の男たちの懸命な消火作業により、周辺の住宅に飛び火することはなく、同日の未明には鎮火。出火原因は不明。

油を使う洋燈《ランプ》を倒したことによる出火か、もしくは厨でガスを使用した際に栓を閉め忘れたことによる出火、あるいは怨恨《えんこん》による付け火か——等々、その原因を憶測する噂がまことしやかに囁かれた。

たった一夜にして杉渓家は家財道具一式を失うことになったが、当主と息子の手によって仕事の書類や印鑑、通帳、権利書等は全て持ち出されており、どうにか財産は守られた。

しかし、それと引き替えに、意識不明の重傷者が一名。まだ十六歳の娘だった。

火事で屋敷を失い、うら若き娘が今も治療を受けているという悲劇的な事件は、たった数日で帝都中を駆け巡っていた。

◇

毅は苛立ちを隠しきれなかった。

今日は、本来ならば非番だ。しかし、八重の見舞いに行こうとしていたところで急な招集がかかり、すぐさま司令部へ足を運んだが、あちこちから視線が感じられる。それが彼の苛立ちの原因だった。

許嫁の実家が火事で全焼し、その許嫁も重傷を負って、未だに意識を取り戻していない。

そのことで同情的な視線を一身に受けていて、さすがの毅も足取りが荒くなり、苛々と舌打ちをする有様だった。

司令室の前まで来ると、毅は深呼吸をして入室した。

そして、師団長――三國《みくに》中将から直接下された辞令に耳を疑う。

「中将閣下。いま、何とおっしゃられましたか？」

「これより二年間、貴官は九州へ赴き、実戦経験を積んでくるようにとの辞令が下った。佐官へ昇進するためには、およそ三年間の実戦経験を必要とする。貴官は、これまでに一年間の実戦経験があるが、二年足りん。そののち貴官を昇進させるか否かを決定するそうだ」

確かに、昇進の話は以前から出ていた。しかし、すぐにという話ではなかったはずだ。

どうして今なのだと、毅は唇を噛みしめた。

三國中将は毅を一瞥し、ため息をつく。

「貴官の状況は知っている。許嫁の女性が、未だに目を覚まさぬと聞いた」

「はい。現在も治療を受けております」

「そうか。あとで、私からも見舞いの品を送ろう」

「お心遣い感謝いたします」

「ふむ。しかしな、葛城大尉。許嫁の件は心が痛む話だが、それを理由に今回の辞令を拒むことはできん。あの不幸な火事が起こる前に、すでに決定していたことだからな。貴官の事情を鑑《かんが》みたとしても、せいぜい九州へ行くまでの期間が少し延びる程度だろう」

「…………」

「私は貴官を買っている。お父上の葛城中将とも懇意にさせて頂いていた。この経験を生かして昇進すれば、今は亡きお父上も喜ばれるだろう。なればこそ——二年間、九州へ行け」

それは上官の命令。軍人である限り、上官からの命令は絶対だった。

毅には逆らうという選択肢も、権利も与えられていない。それでも拒否するようならば、軍規違反で除隊にもなり得る。

ゆえに、彼に許されている返事は、唯一これだけだった。

「……はっ。了解しました、中将閣下」

毅は敬礼すると、踵を返して司令室を後にした。廊下の向こうから山川中尉と、真壁准尉が歩いてくるのが見えたが、彼は声をかけてくる二人を無視して、足早に建物を出て人けのない兵舎の裏へ行った。

「っ……」

毅は拳を握りしめながら晴れた空を仰ぎ、ぎりっと歯噛みする。

杉渓家で火事が起きて、数日が経過しても八重はまだ目覚めない。彼女の家族は、帝都に住む親族のもとに身を寄せている。

火事の原因も分からず、許嫁の容態がどう変わるのかも予想がつかない。

そんな時に、毅は九州へ行かなくてはならないのだ。

赴任先が九州ともなれば、移動するだけでも日数を要するため、三親等以内の親族が危篤状態になるなど、そういった特別な事情がなければ丸二年は戻ってくることができない。

よりにもよって、今この状況で、そんな辞令が下るなんて――。

いつもは胸の奥に閉じこめている感情が爆発し、毅は握りしめた拳で煉瓦《れんが》造りの壁を殴りつけた。手加減せずに殴ったせいで拳にじわりと血が滲んだが、この程度の痛みなど、彼女の味わった苦痛に比べたら大したことではない。

「葛城」

横から呼ばれて、ゆらりと顔を向けたら、山川が立っていた。彼の後ろには部下の真壁准尉も控えている。

「今は声をかけるべきじゃないと思ったんだがね、君の部下の真壁准尉が、心配だから声をかけろとせっつくものだから」

毅の鋭い視線を受け、真壁准尉が背筋を伸ばして敬礼した。

「っ、申し訳ありません。若輩の自分には、中隊長殿に何と声をかけたらよいか分からず……出過ぎた真似を致しました」

「真壁准尉だけじゃない、僕も心配している。大丈夫なのか？」

「……辞令が下った。二年間、九州へ行く」

山川の問いには答えず、毅は抑揚のない声で言った。

「中隊長殿、九州へ行かれるのですか！」

「ああ、そういうことか。君が荒れている理由が分かった。しかし、まさか〝今〟だとは」

「中将閣下の命令だ。私に拒否権はない」

「許嫁殿は、どうするんだ？　まだ意識が戻らないんだろう」

「向こうへ行くまでに、少しは猶予《ゆうよ》がある。ご両親には事情を説明して、ぎりぎりまで側に付き添うつもりだ」

「そうか。……君が二年も九州へ行ってしまうなら、寂しくなるな」

いつもの軽い調子で山川が言った。飄々《ひょうひょう》とした態度からは同情も憐憫《れんびん》も感じられない。それが有り難かった。

真面目を絵に描いたような真壁准尉も、今日ばかりは敬語を使わない山川を咎《とが》めることはせずに、両手を後ろに回して俯《うつむ》いていた。


家を空けている間、邸宅の管理は弟の恒と志乃に任せることになった。

弥一と三重子に、九州へ赴任するように辞令が下ったと告げた時、彼らは顔を見合わせてこう言った。

「毅様。言いにくいことなのですが……八重もこのような状況ですし、いつ目を覚ますか分かりません。ですから、八重との婚約については解消して頂いて構いません」

「あの子も、それは理解していると思いますので」

毅を気遣ってのことだろう。二人の申し出に、毅は「八重さんとの婚約を解消するつもりはありません」と、はっきり意思表示をした。もともと彼は、相手が八重でなければ妻帯するつもりなどなかったからだ。

慌ただしく日々が過ぎ去り、ぎりぎりまで延ばしてもらった出立《しゅったつ》の日も迫ってきて、毅は病院を訪れた。

「八重さん。私は九州へ行くことになりました」

容態は安定してきたが、未だに昏睡状態にある八重は親族以外の面会が禁止されていた。

病院に事情を話して特別に許可をもらい、毅は真っ白な病室で眠る少女に話しかける。

「君の側にいてあげられないことが、心残りでなりません。何かあった時にすぐに駆けつけられる距離ではないので」

白い浴衣を着せられた彼女はうつ伏せで眠っていた。

少し痩せた八重の寝顔を見つめながら、毅は彼女の髪をそっと撫でた。

「九州での任期は二年です。二年経ったら、私は必ず戻ってきます。その時は、また元気な笑顔を見せてください」

名残惜しげに八重の髪を指に絡めて、毅はゆっくりと寝台を離れた。

「それでは、行って参ります。八重さん」

後ろ髪を引かれるような思いで病室を後にし、外で待っていた八重の両親に頭を下げる。

「面会の件、病院に掛け合って頂いてありがとうございました。向こうに着いたら手紙を書きます。八重さんが目を覚ましたら、よろしくお伝えください」

両親にそう言付けて、彼は踵を返した。

しかし、病院の外に出て数歩も進まないうちに振り返り、病室の窓を見上げる。

「――やるべきことを終えたら、必ず君に会いに来ます」

だから、治療を受けて元気になって、それまで待っていてほしい。

前に向き直った毅は、もう軍人の顔をしていた。

これより二年間、優しい許嫁としての自分は封じて、ひたすら軍務に励もう。

無事に任期を終えたら、堂々と八重を迎えに来られるように——。

そして、鬼の中隊長と呼ばれる葛城大尉は足を一歩、前に踏み出した。

◇

繰り返し、同じ夢を見る。炎上した屋敷に取り残されて必死に助けを請う夢だ。

その夢の中で八重は兄と父に助け出され、屋敷の外で目覚めると、傍らには泣いている母と哀しそうな顔をした許嫁がいる。許嫁が「八重さん」と名前を呼んでくれて、八重は彼に想いを伝えてから「もう結婚できない」と離別の言葉を告げる——その場面ばかりを、何度も、何度も、夢の中で見ていた。

遠くで誰かに呼ばれるたびに微睡《まどろ》みの底で迷子になっていた意識が浮上しかけるのに、すぐさま夢の中まで引きずり戻される。延々と終わらない悪夢だった。

しかれども、その悪夢にも、ようやく終わりの時が訪れた。

「八重さん。私は九州へ行くことになりました」

すぐ近くで毅の声がした。

九州……私を置いてそんな遠くへ行ってしまうのねと、曖昧模糊《あいまいもこ》とした意識の中で、八重は悲しくなる。

「君の側にいてあげられないことが、心残りでなりません。何かあった時にすぐに駆けつけられる距離ではないので」

そっと髪を撫でる手。

昔から、この優しい手が大好きだった。

「九州での任期は二年です。二年経ったら、私は必ず戻ってきます。その時は、また元気な笑顔を見せてください。……それでは、行って参ります。八重さん」

その言葉を最後に、毅の気配が遠ざかっていった。規則正しい足音が聞こえなくなり、病室には静寂が訪れる。

八重は瞼を震わせて、ゆっくりと目を開けた。うつ伏せのまま揺らぐ視界に飛びこんできたのは、病室の真っ白な壁。

彼女は両手を寝台に突いて、ゆっくりと身を起こす。途端に激痛が走ったが、歯を食いしばりながら起き上がり、閉めきられた窓を見やった。

窓の向こうは突き抜けるような晴天だった。わたがしみたいな白い雲が一つ、二つと浮かんでいて、起き抜けに回らない頭で、雲って食べると甘いのかしらと、八重はとりとめもないことを考える。

しばらく、そうやって窓を眺めていたら、両親が病室に入ってきた。

「っ、八重……！」

「目が覚めたのか！」

寝台に駆け寄ってくる父と母を見やり、呆《ほう》けていた八重は我に返る。両親とも最後に見た時よりも少しやつれていた。きっと心配をかけていたのだろう。

「お父様、お母様……」

「目を覚ましてくれて、本当によかった……さっきまで、葛城様もいらっしゃっていたのよ」

ということは、先ほど聞こえたのは現実の毅がかけてくれた言葉だったのだろう。

「そう……じゃあ、あの人は、本当に行ってしまったのね」

遠く離れた、九州の地へ。

八重は包帯の巻かれた両手を見下ろして、唯一の自慢だった透き通るような白い肌が痛々しく赤みを帯びていることに気づき、くしゃりと顔を歪めた。

次の瞬間、堰《せき》を切ったように大粒の涙が溢れ出す。

「……うっ……あ、あぁっ……」

どうして泣いているのか、自分でも分からなかった。

ただ、滂沱《ぼうだ》と涙が溢れてきて、宥めるように抱きしめてくれる母の腕の中で、八重は涙が涸《か》れるまで泣き続けた。

毅は九州の地へと旅立ってしまい、彼女は凄惨な火事のせいで心身ともに深く傷ついた。

一命は取り留めたものの、自分にとって大切なものが幾つも失われたことを、たぶん八重は無意識に感じ取っていたのだろう。


この日から、八重の生活は一変した。

痛みを伴う治療に堪えながら、これからの自分の人生について考えるようになり、やがて遠い九州の地にいる許嫁に一通の手紙を送るため、筆を執《と》ることになる――。

◆◇◆◇◆

――時は流れ、麗らかな春が訪れていた。

遠方からの旅人を乗せた機関車が、間もなく東京駅に到着する。

とある車両の最前列、窓際の席に将校が座っていて、神妙な面持ちで手紙を読んでいた。

流麗な筆跡で書かれた文章は短く、端的に用件だけが記されていた。


【本当に申し訳なく思ひます　どうかご理解くださいませ　】

手紙の文末は、謝罪の言葉で締めくくられている。

将校――葛城毅は、飽きるほど読み返した手紙を鞄にしまって窓に目をやった。

堤沿いの桜並木が見えたので窓を開けたら、暖かい風が吹きこんでくる。視界を斜めに横切るように春の燕《つばめ》が飛んでいった。

毅は目を細めて、東京駅が見えてきたので軍帽をしっかりと被り直した。

ほどなくして機関車が東京駅の構内に入っていき、ゆっくりと停車する。

彼は旅行鞄を持ち、久しぶりに帝都の地へと降り立った。真っ直ぐ改札に向かい、今日一日の予定を頭の中で確認する。

第一師団の司令部まで挨拶に行ってから邸宅へ帰るつもりだが、その前に一つ寄りたい場所があった。

薄手の外套《がいとう》を靡《なび》かせながら、毅は駅の外へと足を踏み出した。


光陰矢のごとし、あの火事から二年の月日が流れていた。

九州での任期を無事に終えた毅には辞令が下され、二年ぶりに帝都へ戻ることが許された。

司令部への挨拶を終え、その足で毅が向かったのは杉渓家だった。

「ほう……」

毅は門の前で足を止めて、思わず感嘆の声を漏らす。

杉渓家の屋敷は火事に遭って全焼したが、そののち建て替えられていた。外観はまるで洋館のようだが、おそらく来客用の建物だ。奥のほうに瓦屋根が見えるので、そちらの家屋で家人は生活しているのだろう。

昨今、資産家の間で好んで建てられている和洋折衷《わようせっちゅう》の造りだった。

杉渓屋は家財道具こそ焼けてしまったが、店舗や商品に被害はなく、重要な書類や印鑑なども手元にあったため営業に支障はなかった。

ちなみに火事の原因については、警察の調査が入ったものの、屋敷が完全に焼け落ちてしまっていたため明確な理由が分からずじまいだった。出火が深夜だったことで目撃者もおらず、最終的には厨の火の不始末という結論で落ち着いたらしい。

また、火事の悲劇によって杉渓屋が一躍有名になったため、一時期は店に客が押し寄せる事態にまで発展して、今も繁盛していた。

そのお蔭もあり、こうして新しい屋敷に建て替えられたのだろう。

毅は軍帽を取ると、表情を引き締めて杉渓家を訪ねた。

彼を出迎えてくれたのは三重子だった。急な訪問だったため驚いていたようだが、洋館の裏にある住居へと案内してくれた。客間にて再会の挨拶をする。

「お久しぶりでございます、葛城様」

「お久しぶりです、三重子殿」

「いつ、ご到着されたのですか？」

「今朝です。夜行で帰って参りましたので、司令部のほうへ顔を出し、その足でこちらを訪ねました」

「そうでございましたか。主人も葛城様が無事に戻られたことを知れば、喜ぶことでしょう」

「弥一殿は仕事ですか？」

「ええ。息子と共に店のほうへ出ております」

三重子がそう説明して、しばし逡巡《しゅんじゅん》する素振りを見せた。こうして、わざわざ毅が訪ねてきた理由を察しているのだろう。

毅もまどろっこしいのは苦手なので、包み隠すことなく切り出した。

「三重子殿。私が今日、こうしてお訪ねしたのは八重さんと会うためです。家にはいらっしゃるのですか？」

「家には、いるのですが……八重のもとへ案内する前にお聞きしたいことがあります。あの子が送った手紙は、お読みになられたのですよね」

「もちろんです。この二年、私が綴《つづ》った手紙に八重さんが返事をくれたのは、あの一通だけですから」

「その手紙に書かれていたことが、八重の本心でございます。その点は、どうかご理解ください。この二年、あの子も色々とあったものですから」

「ええ、それは分かっています。ただ、手紙にも綴ったように、私は八重さんとの婚約を白紙に戻すつもりはありません。まぁ、本人に嫌がられてしまっては、どうしようもありませんが……ああ、それから」

毅は居住まいを正し、憂いを帯びた表情を浮かべる三重子に向かって頭を下げた。

「毎回、八重さんの代わりに手紙の返事をくださり、ありがとうございました。そのお蔭で彼女の近況を知ることができました」

「とんでもございません。本来であれば、あの子が返事を書くべきでしたのに」

かすかに笑った三重子が、ゆっくりと立ち上がった。

「八重のもとへ案内致しましょう。こちらへどうぞ」

客間を出て、三重子の案内のもと廊下を進んでいく。

「正直に申し上げますと、私と主人も八重については頭を悩ませておりました。あの子ときたら、ほとんど家の外には出ず、部屋に籠もってばかりいるものですから。人に会うのも、友人の櫻子さんが訪ねてきてくれる時だけなのです。昔は、あれほどお転婆に庭を駆け回っていたというのに」

外出をせず、部屋に籠もっている。毅の知る八重とは別人のようだ。

長い廊下を進んで行き、ほどなく離れの建物へと続く渡り廊下に差しかかった。廊下の脇に広がる中庭には玉砂利で囲まれた池や桜の木がある。

「八重は今、離れに住んでいます。こちらは中庭です。屋敷を建て直した時、やはり庭には桜の木が欲しいという話になりまして、山から木を持ってきて植樹しました。……あ……」

三重子が中庭の隅にある桜の木へと目をやり、小さな声を漏らした。

毅もつられたように視線を動かし、はたと足を止める。

花盛りに大きく枝を広げ、惜しみなく花びらを散らす桜の木の下に、女が立っていた。

腰まである艶やかな黒髪を結うことなく垂らし、藤色の着物に身を包んだ女は背伸びをしながら桜の枝に触れようとしている。

こちらに背を向けているので顔は見えないけれど、袖から覗く腕は、とても白かった。

東風がざああと吹いて桜の枝を揺らす。花びらが散って、女の黒髪も風に靡き、藤色の着物の袖が蝶の羽のようにふわりと捲《めく》れた。

その優麗な立ち姿だけでも、さながら、この世のものとは思えない美しさと儚さがあった。

「八重……」

「え……」

我知らず女の姿に目を奪われていた毅は、三重子の呟きで耳を疑った。

あれが、八重だと？

到底信じられなくて食い入るように見つめていたら、桜の精と見まごうような女がこちらに

気づいて、長い髪を靡かせながら振り向く。

刹那、毅は自身を取り巻く時間が緩やかになったような錯覚を抱いた。

己の呼吸の音すら聞こえてくるような、そんな研ぎ澄まされた感覚の中で、春風に乗った何枚もの桜の花びらがこちらを見ているはずの彼女の顔を隠した。

はっと我を取り戻した時には、彼女が身を翻して駆け出していた。そのまま脱兎のごとく離れの中へと飛びこんでしまう。

あっという間の出来事だった。

夢現《ゆめうつつ》のようなひとときに言葉を失っていた毅は、瞬きをした。

「今のが、八重さんですか？」

「はい。あまり外には出ないのですが、今日は桜を見ていたようですね」

「私に気づいて、逃げたんでしょうか」

「私からは、何とも申し上げられません。本人とお話しなさったほうがよろしいかと」

苦笑した三重子が、つい先ほど八重が駆けこんだ離れの前で足を止める。

離れの入り口には横開きの板戸が設置されていて、三重子が手をかけても開かない。どうやら内側から錠が掛かっているようだ。

「八重。ここを開けて、出てきなさい。葛城様がいらっしゃっているのよ。きちんとご挨拶をなさい」

返事はない。中から物音も聞こえなかった。

「八重、聞こえているのでしょう。返事をなさい」

毅は叱りつける三重子を手で制して一歩、前に出た。板戸をコンコンと叩く。

「八重さん、毅です。本日、九州での任期を終えて戻ってきました」

長い沈黙があり、戸の向こうに八重がいるのかどうかさえ分からなくなった頃、小さな声が聞こえてきた。

『……おかえりなさいませ、毅さん。ご無事で戻られて、何よりです』

「はい、ただいま戻りました。どうか、ここを開けてくれませんか。君と話がしたいのです」

『申し訳ありませんが、話すべきことは、全て手紙に書いてお送りしました。これ以上、あなたと話すことはありません』

「その〝話すべきこと〟というのは、私との婚約を解消するということですか？」

『そうです』

毅は九州へ赴任してから、八重に宛てて何通か手紙を書いた。

しかし、八重本人が手紙の返事を書いてくれたのは、一通だけだ。

そこに記されていた内容は、毅との婚約を解消したいというものだった。理由は、火事に遭ったことで心身ともに傷ついたため、毅のもとに嫁ぐことはできなくなったと。

手紙の最後は謝罪の言葉で結ばれていた。

【本当に申し訳なく思ひます　どうかご理解くださいませ】

それきり、八重から手紙の返事がくることはなかった。彼女の代わりに、母の三重子が代筆をして近況を教えてくれたのだ。

「八重さん。君がどれほど傷つき、苦しい思いをしたのか、私には軽々しく分かるなどとは言えません。この通り、君を置いて九州へ行った身でもありますから……しかし、私は君とこれきりで縁を切りたくはありません」

『毅さん。手紙に書いた通り、私はもうあなたとは結婚できないのです。それから、私を置いて九州へ行ったのだと気に病まれることもありません。あなたは軍人として当然のことをされただけだと理解しています』

八重の喋り方は落ち着いていて、声もしっかりとしていた。

『今日は長旅をしてこられたのでしょう。家にお帰りになって、ゆっくり休まれたほうがいいと思います』

「確かに長旅でした。その足で君に会いに来たというのに、君は帰れと追い返すんですね」

頑《かたく》なに戸を開けようとしない八重に、つい皮肉めいた口調になってしまった。

『追い返すなんて、そんなつもりは……』

「もういいです。君の気持ちは分かりました」

わざと突き放すように言ったら、板戸の向こうが静かになる。肩を落としている八重の姿が目に浮かぶようだった。

　毅は会話を見守っている三重子に軽く頭を下げて、軍帽を被り直した。

「今日のところは帰ります。でも、君がここの戸を開けて話をしてくれるまで、私は諦めませんよ」

『毅さん……どうして、そこまでして……』

「婚約がどうだとか、そういった話を抜きにしても、私が君に会いたいからです。二年も会っていなかったんですよ。顔を合わせて言葉を交わし、元気になったかどうかだけでも確かめたい。そう思うのは、おかしいことですか？」

『…………』

「また来ます。次は、君の好きな豆大福でも買ってきますよ」

　そう言い残すと、彼はくるりと踵を返して、杉渓家の屋敷を後にした。

◇

　八重はふらつく足取りで文机《ふづくえ》の前まで行き、頽《くずお》れるようにしてへたりこんだ。

　毅が帰ったあと、離れの戸に錠を掛けたことで母からこっぴどく叱られた。だが、また彼が訪ねてきた時は戸に錠を掛けてしまうかもしれない。

あの火事から二年が経ち、毅が帰ってくる頃だとは分かっていたが、まさか直接訪ねてくるとは思わなかった。

彼が来ていると知っていたら、中庭に出て桜を見たりはしなかったのに。

八重は文机に突っ伏した。障子が少し開いていて、心地よい春の風が吹きこんでくる。

「毅さん、変わっていなかった」

遠目に彼を見つけて逃げ出したから、その姿を目にしたのは一瞬だったけれど、立ち姿や声は最後に会った時と同じだった。

それもそうか。よほどのことがなければ、二年で人はそこまで変わらない。

八重は伸びた髪にくっついていた桜の花びらを指で摘まみ上げると、文机に置かれていた読みかけの書物を開く。途中の頁《ページ》に押し花のようにして挟んだ。

何げなく視線を巡らせて、部屋の隅に置かれた鏡台で止める。

長細い鏡に移る自分の姿——あの火事のあと、病室で包帯を取って初めて自分の身体を見た時の記憶が頭を過ぎり、途端に沈鬱な心地に見舞われて、自分の手のひらを見下ろす。

だいぶ薄れてきたが、ところどころ赤く爛《ただ》れた痕があった。あの日、板戸の下敷きになった時に火傷をしたのだ。

この程度の痕ならば、日常的に生活するぶんには問題なく、街を歩いていて見咎められることもない。

しかれども、着物の下は——。

八重は憂色《ゆうしょく》を隠しきれずに、しゅんと肩を落とした。

毅は、また来るつもりのようだが、どうにか説得して諦めてもらうしかない。

今もまだ、毅への恋心は胸の内で残り火のように燻《くすぶ》っている。彼の顔を見てしまったら、忘れようと努めていた想いが再び膨れ上がってしまいそうな気がして、八重はそれが恐ろしかったのだ。

小さなため息をつき、彼女は床に積み上げられた書物の中から一冊、手に取った。

ゆっくりと頁を捲りながら、しばらく読書に没頭する。

文机に凭れた八重の周りには、足の踏み場がないほどの書物の山があった。

◇

これは長丁場になるかもしれないなと、毅は閉めきられた板戸の前で渋面を作った。

帝都に戻ってきて、早めに仕事を上がれた時や非番の日に、毅は杉渓家を訪問していた。

毎回、八重の好きだった菓子を手土産に持参し、板戸を隔てて声をかけているというのに、彼女は一向に姿を見せようとしない。

「八重さん。毅です」

今日も今日とて、非番の毅は離れの板戸を軽く叩いて語りかけた。

娘が心配だったのか、始めの頃は側で付き添っていた三重子も、今では毅に任せて八重と二人で話をさせてくれている。

「ここを開けてください。手土産に、君の好きな豆大福を持ってきましたよ」

『……毅さん。またいらっしゃったの？』

板戸の向こうから返答があった。ほとほと参っていると言いたげな、困惑した声だった。

『あなたとは、お会いすることはできないと、そう言っているではありませんか』

「私はただ、君の顔が見たいだけなんです」

『私は元気にしております。声を聞けば分かることでしょう。お仕事もお忙しいはずです。こんなところへ来るのは、もうおやめになってください』

「確かに、仕事のほうはそれなりに忙しいですが、君のもとを訪ねるのは私が望んでやっていることなので、苦ではありません」

『そう言われても……』

「君と話す時間が、私にとっては肩の力が抜けるひとときです。以前も言ったはずです。君と一緒にいると、私は心が癒されると」

毅は板戸に背中を向けると、渡り廊下の端に腰を下ろした。おもむろに視線を巡らせて中庭を見やる。

帝都に帰って来た日、八重が枝に触れようとしていた桜の木はすっかり花を散らし、葉桜となっていた。

あの時、桜色の花びらの中で佇んでいた彼女の後ろ姿は、毅の知る少女ではなかった。

その大人びた立ち姿に、毅は目を奪われた。初めての経験だった。

もう一度、その姿を見てみたい。明るい日射しのもと、この二年で八重がどれほど成長したのか知りたかった。

毅にとって八重は、未だに可愛い妹のようで、その明るさと純真さで心を癒してくれる大切な存在に他ならない。

彼はずっと——それこそ八年間も、八重を見守ってきたのだ。

二年前に惨事があり、事情があって離れ離れになっていたとしても、そう簡単に縁を切れるような間柄ではない。

『……毅さん。二年前、あなたにとって私は子供だったでしょう。実の妹のように可愛がってくださったこと、私としては複雑な気持ちもありましたが、嬉しくもあったんです。あなたの心を癒すことができていたのなら、それも嬉しく思います。けれど……今の私は、毅さんと距離を置きたいのです』

「何故ですか？　私は、どんな君でも受け入れます。それとも、離れている間に私が嫌いになりましたか？」

『そうではなくて……』

八重の声が近くなって、板戸が少し軋《きし》んだ。背中を預けているのかもしれない。

『……毅さんを嫌いになるということは、あり得ません。ただ、あなたを見ると……私は以前の気持ちを思い出してしまいます。純粋にあなたを慕って、夫婦になれる日を夢見ていた頃の……だから、あなたとは距離を置かなければならないんです。私はもう、毅さんとは結婚できませんし、以前のような関係ではいられません。どうか、分かってください』

空を仰いで聞いていた毅は、そっと目線を伏せた。

あの火事の日に想いを告げられる前から、毅は八重の恋心に気づいていた。その上で、彼女を妻として迎える気でいた。

籍を入れてしまえば、全てうまくいくと思っていたのだ。

夫婦になってから、ゆっくり関係を変えていけばいいのだと——二年前の時点では、彼女を妹としてではなく、女として見ることができるかどうか、それさえも分からなかったのに。

毅は髪をぐしゃりと乱して深々と息を吐いた。

板戸の向こうで懊悩《おうのう》する八重の気持ちは、よく分かった。

だから、今度は毅の番だ。彼女に伝えなくてはならないことがある。

「八重さん。私は以前、君に言いましたよね。私にとって、君は〝特別〟なのだと」

『……ええ』

「どういう意味か、お教えします。私は……とある時期から、女性が嫌いになりました」

『女性が、嫌い？』

　毅は苦々しい表情を浮かべて、自嘲気味に吐き出す。

「父の後妻との間で、色々とありましてね。それ以来、女性と接する時に嫌悪感を抱くようになり、触れることもできなくなりました。つまり……私は女性を抱けないんです」

『っ！』

　ああ、まったく。こんなふうにして、八重に伝えるつもりはなかったのだ。

　ギシッ、と板戸が軋む。彼女が体勢を変えたのだろうか。

『でも、毅さん……私とは、よく手を繋いでいらっしゃったのに……』

「そうですね。君になら触れられる。だから、君は〝特別〟なんです」

　──毅さん。お庭を歩きましょう。

　彼女と出会った日、無邪気に微笑んだ八重が腕を引いてきて、それに嫌悪感を抱かなかったから、毅は衝撃を受けたのだ。

　まだ八つの子供だったということもあるかもしれないが、人懐こい八重を愛らしいと感じるようになった頃から、この子は特別なのだと、自分の中で定義づけされた。

「私が、この世で触れられる女性は八重さんだけです。愛らしいと思うのも、側にいて癒されるのも君だけです」

『毅さん……』

「八重さんに出会うまで、いくら父に苦言を呈されても、妻など迎えずに一生を終えるつもりでいました。でも、君が私の前に現れた。君は軍人の職務を全うすることだけに没頭していた私に笑顔を取り戻させ、誰かと共に過ごす喜びを教えてくれたんです」

毅はゆっくりと立ち上がり、彼女と自分を隔てる板戸を見つめた。

「以前、君は私に女性として見てほしいと言いましたね。確かに、私は八重さんをずっと子供のように扱っていました。君は私より十六も年下でしたから。でも、何か大きなきっかけがあれば、その関係性を変えることができると思っていたんです。例えば、結婚だとか……もし、君が私と生きることを望んでくれるのなら、私にもう一度、機会をくれませんか」

普段の毅は好んで話をするほうではない。八重といる時は頻繁に相槌を打つけれど、職場では寡黙だし、三十四年間も生きてきて、これほど饒舌《じょうぜつ》に自身の想いを語ったことは一度もなかった。

八重が相槌を打つ暇を与えず、彼は口を動かしながら手を伸ばし、板戸に触れる。

「君が側にいてくれないと、私はこの先の人生に喜びを見出すこともできず、生きていくことになるかもしれない。だから、婚約を解消したいと言われて何度追い返されても、こうして未練がましく君のもとへ通っているんです。君だって、いつまでも閉じこもっているわけにはいかないはずです。どうか、ここを開けて話をさせてください」

『………』

まさか、自分がこんな懇願めいた台詞を口にするとは思いもしなかった。

心の内を明かしたというのに、八重の返答がないものだから、毅は口元を歪めた。

ここまで根気よく我慢してきたものの、元来、毅はそれほど気が長くはない。

もし、ここが軍の訓練場であれば、新兵を震えおののかせるほど冷ややかな口調で叱責の一つや二つ……もっと言えば、三つや四つは飛び出していただろう。

そんな毅が穏やかな態度で八重を説得し、自分の事情まで打ち明けたのは、ひとえに彼女が大切で怖がらせたくなかったからだ。

八重との接し方は、初めて泣かれた時から〝怖がらせずに優しく〟で一貫していた。

しかし、足繁く通い続けて説得しても、頑なに壁を作り続ける八重に対して、今まで仏を装っていた毅の我慢も限界に近づいていた。

「返事がないということは、今の話を聞いても君の気持ちは変わらないということですね」

『……申し訳ありません』

「そうですか。ですが、八重さん。私は諦めの悪い男です。君は顔を合わせたくないと言い、私との婚約の破棄を望んでいて、それを分かってくれと言いますが……その答えは否《いな》です。君が私を拒絶し、どれほど嫌がろうとも――」

　毅は板戸に添えた指に力を入れて、相手に威圧感を与えるような、それでいて脅迫めいた低い声で言い放った。

「君が私を拒絶する理由に納得がいかなければ、手放す気など毛頭ありません」

　ここが、我慢の限界だった。

　板戸を押し開けようと、毅はぐっと力んだ。みしりと音がする。

『っ、毅さん。何をしているのですか？』

「ここを開けます。こんなふうに戸を隔てて話をしていても埒《らち》が明きません。しっかり顔を合わせて、これからのことを君と話し合います」

『やめてください！　私は、本当に、あなたとは……』

「八重」

　毅は強い口調で、初めて彼女の名を呼び捨てにした。戸の向こうで息を呑んだような気配があった。

　彼はあえて重低音の声を出し、部下に指示する時のように厳格な口調で告げる。

「今すぐ、ここを開けなさい。開けるつもりがないのなら、強引に押し入る」

直後、ばたばたと廊下を駆けていく音が聞こえた。どうやら離れの奥へ逃げたようだ。

眦《まなじり》を吊り上げた毅は身を翻した。足早に母屋へ戻り、三重子を呼ぶ。

「三重子殿。非常に申し訳ありませんが、これから離れの戸を破らせて頂きます」

「えっ？」

「八重さんと話をするためです。あとで弁償は致しますので、お許しください」

唖然としている三重子に背を向け、毅は離れまで取って返した。内側から錠のかかった板戸を両手でこじ開けようとするが、びくともしない。

中庭から障子を開け放って踏み込むことも可能だったが、毅はあえてそれをしなかった。

八重が作っている心の壁ごと、錠の掛けられた板戸を破るほうを選んだのだ。

「葛城様っ……」

追いかけてきた三重子の制止を聞く前に、彼は強烈な蹴りを繰り出した。

鍛え上げられた現役軍人の蹴りを受けたことで見事に錠の部分が壊れ、板戸は大きな音を立てながら向こう側へと倒れる。

薄暗い廊下の奥で、立ち竦んでいた八重が着物の袖を翻して部屋へ逃げこむのが見えた。

毅は離れへと立ち入った。廊下をずんずんと進んでいき、彼女が飛びこんだ部屋の襖《ふすま》を「失礼します」と言いながら開け放つ。そして、絶句した。

六畳ほどの座敷は、おそらく八重が普段生活している部屋なのだろう。

壁際には桐の箪笥《たんす》や鏡台、着物を広げるための衣桁《いこう》が置かれている。隣室に繋がる襖が少し開いていて、綺麗に畳まれた蒲団が見えるので、そちらが寝所のようだ。

だが、毅が言葉を失ったのは、畳の上を埋めるように書物の小山ができていたからだ。軽く見回しただけで、文学作品や大衆雑誌だけでなく小難しそうな専門書や教科書が目についた。

箪笥の横にある文机には、異国語を学んでいたのか、洋書と分厚い辞書が開いたままの状態で置かれていた。その隣にあるノートには、びっしりと単語が書き出されている。

「これは……」

毅は室内を見回し、その部屋には八重がいないことに気づいた。

鋭く視線を走らせた彼は、寝所の奥で人影が動いたのを見逃さず、半開きになっていた襖を無遠慮に開けた。

果たして、八重はそこにいた。

「あっ……」

毅の姿を認めるなり、薄暗い寝所の隅で丸くなっていた八重が小さな悲鳴を上げる。

「八重さん」

「……ここから、出て行ってください」

「そういうわけにはいきません。そんな薄暗い場所にいないで、こちらへ来てください。お茶でも飲みながら話をしましょう」

毅に背を向けた八重が顔を伏せたまま、ゆるゆると首を横に振った。

「そうですか。君がそこまで意固地な態度を取るのならば、私も遠慮しません」

毅は寝所に足を踏み入れて、嫌がる八重の腕を取った。

身を捩《よじ》る彼女を強引に薄暗い寝所から連れ出し、部屋の障子を大きく開け放って、日射しの当たる軒先へと連れ出す。

「さぁ、ここで私と話、を……」

振り向きざまに八重を見下ろした毅の言葉が、尻すぼみになった。

眩しい日光が、今日まで見ることが叶わなかった八重の顔を照らしていた。

誰にも踏み荒らされていない新雪のような白い肌と、長く伸びた艶のある黒髪。輪郭は滑らかなたまご型で、幼かった顔立ちは随分と大人びていた。

身長も伸びてふくよかだった身体つきは華奢になり、つぶらな瞳には大粒の涙が浮かんでいて、ゆっくり瞬きをすると涙が弾けて頬を伝う。

声を零さずに伏し目がちで涙を流す様には、妙齢の女性が纏う楚々《そそ》とした美しさがあって
――成長した彼女の変わりように、毅は身動き一つできなくなった。

「……あなたは、強引すぎます……出て行ってくれと、言ったのに……」

淡い桜色の唇から零れたのは、感情の昂ぶりを抑えられていない震え声だった。

「私とて、毅さんに会いたくないわけでは、なかったのです……あなたがくれた言葉も、嬉し

かった……できることなら、あなたと共に生きたい……でも、私は……あの火事で、この身体に、大きな傷痕を残しました………疵物と、なったのです」

八重が責めるような口ぶりで、毅の胸を叩いた。

「こんな身体……あなたに、見せることはできません……だから、嫁ぐことが、できないのです……どうして、もうお前など知らぬと、放っておいてくれないのですかっ………こんな、疵物の、私をっ……」

言葉を詰まらせた八重の頬に、はらはらと涙が伝っていった。

何度も胸を叩かれ、こんな状況にも拘《かか》わらず彼女の泣き顔に見惚れていた毅は、思わず手を差し伸べる。

頬を流れ落ちる雫を優しく拭い取り、泣きながら睨みつけてくる八重の顔立ちを確かめるように指を走らせた。

白く滑らかな頬、形のよい鼻、ふっくらとした桜色の唇。

直に触れて、その美しさを確認していたら、八重が唇を震わせて嗚咽《おえつ》を漏らし始めた。

燦々《さんさん》と降り注ぐ太陽のもと、昔のように声を上げて泣くことはせず、静かに声を殺して泣く姿さえも毅の目を釘付けにする。

「……八重、さん」

彼が辛うじて呼べたのは、彼女の名前だけ。

心を奪われた女性と対峙し、何と声をかけたらいいか分からなくなってしまった初心《うぶ》で愚かな男のように、毅はそれ以上の言葉を紡げなくなった。

「っ、う……うぅっ……」

八重が小さくしゃくり上げて、毅の肩にこつんと額を押し当ててきた。

幼い頃は、毅の胸に頭が届かないほど小さかったのに、いつの間にか背もこんなに伸びたのだな。そう思ったら、自然と腕が持ち上がる。

おそるおそる八重の肩に触れて、今にも折れそうなほど華奢なことに動揺しながら、ぎこちなく抱き寄せた。

「八重さん……」

「……毅さん……」

気の利いた言葉をかけたくても、彼女の名を呼ぶことしかできない。

鼓膜を震わす、彼女の声。名前を呼ばれただけで、鼓動が跳ね上がった。

毅は、自分の身に何が起きているのか分からないまま彼女を抱きしめ、その柔らかさに気づいて、再び狼狽《ろうばい》する。

「……すみません、八重さん。強引な真似をして、私が悪かったです……だから、そんなふうに、泣かないでくれませんか」

そしてまた、泣かないでくれと懇願することしかできない愚鈍な男に成り下がる。

もっと他に言うべきことがあるはずなのに。

八重が泣きじゃくりながら、額を肩にぐりぐりと押しつけてくる。毅は、その頭をそっと抱き寄せて撫でてやった。

「頼むから、泣かないでください……こうして君に泣かれると、私はどうしたらいいか、分からなくなるんです」

蛹《さなぎ》はいつか羽化して美しい蝶になる。

それと同じで、稚《いと》けなかった八重もまた、二年という月日を経て子供の殻を破り、瑞々《みずみず》しく麗しい年頃の女性になっていた。

私は本当に愚かな男だと、毅は自嘲した。

彼女は出会った頃の無邪気な少女で在り続けるのだと、勝手に思いこんでいたのだ。

たった一瞬で、毅の心を奪うほどの成長を遂げているとは、微塵《みじん》も考えずに。

華奢な身を震わせる八重の髪を撫でながら、毅は瞼を閉じた。

これまで生きてきた世界が刹那に彩《いろどり》を変えたような、そういった不思議な想いに囚われていた。どこか、もどかしさにも似た甘い微熱が胸の奥に灯る。

――君は嘘だと思うかもしれないがね。人によっては、そういうことが起こり得るんだよ。

ああ、嘘だと思っていた。

一目で誰かに心を奪われるなんて、とんだ妄言《もうげん》だと。

「……毅さん……毅、さんっ……」

あれほど毅を避け続けたというのに、いつの間にか、八重は彼に抱きついて泣いていた。

本当は毅と共に生きたい、しかし無理なのだと訴えて涙を零す彼女の髪をあやすように撫でながら、毅は口端を歪めた。

身体に大きな傷を負ったから疵物になったと、八重は言う。でも、それは毅にとって彼女を諦める理由にはならない。

むしろ、心身ともに深く傷ついたこの女性《ひと》を、自分が守ってあげないといけないと思った。

傍らに寄り添い、今にも折れそうに細い肩を支えてあげて、共に生きていきたいと。

女を疎み、その手に抱くことを拒否し続けた彼が初めて知る感情だった。

「八重さん……やはり、私は諦めの悪い男のようです」

心は決まった。ならば取るべき道は一つだけだと、毅は心の中で呟く。

八重さん。これまでずっと、私は君の他愛ない我が儘を笑って聞いてきた。

でも、今度は私の我が儘を君に聞いてもらう。

君が、どうして私と顔を合わせたがらなかったのか、どうして私を避け続けたのか、その理由を知っていながら、もう二度と離れられないようにするから。

たとえ君の意思を無視することになり、酷い人だと詰《なじ》られようとも――。

「どうか、許してください。君に何を言われても、どれほど責められようとも……私はもう、この手を放すことができません」

他の誰かのものになる前に、自分のものにしよう。

それは男として八重に対して抱いた愛情と、その陰に潜む利己的な独占欲からくる衝動。

一度、胸の内から溢れ出してしまえば、もう抑えることなどできやしない。

もはや誰に何を言われようとも彼女を手放すものか――毅は八重を抱く腕に力を籠めながら、そう心に決めた。

◇

強引に押し入ってきて、八重を眩い日のもとへ引きずり出した毅を前にして、あなたは酷い人だと、彼女は心の中で叫んだ。

何を言われても、彼の事情を知ったとしても、八重にはどうすることもできない。

「私とて、毅さんに会いたくないわけでは、なかったのです……あなたがくれた言葉も、嬉しかった……できることなら、あなたと共に生きたい……でも、私は……あの火事で、この身体に、大きな傷痕を残しました………疵物と、なったのです」

どれほど、あなたが恋しくても無理なのだ。

何故、それが分からないのか。

そんな苛立ちともどかしさで、八重は感情を爆発させた。

「こんな身体……あなたに、見せることはできません……だから、嫁ぐことが、できないのです……どうして、もうお前など知らぬと、放っておいてくれないのですかっ…………こんな、疵物の、私をっ……」

身も世もなく毅の腕の中で泣きじゃくり、そのうち泣き疲れて意識を飛ばしてしまい、目覚めたら寝所の蒲団で寝かされていた。

八重は勢いよく飛び起きて、部屋を見回す。

「……毅さん？」

彼はどこへ行ったのだろう。

八重は蒲団から這い出し、部屋を出て離れの廊下を進んでいった。

渡り廊下に差しかかると、空はすでに茜色に染まっている。随分、寝入ってしまったようだ。

「あの人、帰ったのかしら……」

戸惑いながら母屋のほうへ行き、客間の近くに来た時だった。声が聞こえてくる。

『しかし、毅様。本当によろしいのですか？』

『はい。私のほうで支度を進めておきます。葛城邸の広間にて行ないましょう』

それは父と毅の声だった。八重は息を殺しながら客間に近づいていく。

『……葛城様。恐れながら申し上げます。あの子は二年前、その身に傷を負いました』

母の言葉を聞いて、八重はぴたりと足を止めた。

『貴方様は、葛城家のご当主様です。あの子の傷は……葛城様のもとに嫁ぐには、いささか大きすぎるものです。あの子の母として、葛城様が通ってきてくださることに感謝はしておりましたが、いざこのような話になり、あの子を寛容に受け入れてくださるのかどうか、私は心配なのです』

『これ、三重子。毅様に失礼だろう』

『ですが、あなた。これだけは、あの子の母として確認しておかなければならないのです。あの子は血を吐くような治療を受け、ようやく日常の生活を送れるようになりました。今後、もし葛城様に拒絶されるようなことがあった場合、あの子の気持ちを考えると、母として胸が張り裂けそうになるのです』

それは娘を思いやっての台詞だろうが、八重に残酷な現実を突きつけた。

杉渓家は家業が繁盛しており、櫻子ほどではないが裕福な家だ。

八重が誰かのもとへ嫁ぐとしたら、それなりの地位にある男性になる。現に、名家の生まれである毅とは許嫁だった。

しかし、大きな資産を持つ家は、基本的に健康体で、元気な子供を産める嫁を望む。

それゆえに、迎えた嫁が大きな怪我や病気を経験していたり、身体に深い傷痕がある場合は疎ましがられた。

ましてや相手が格上の家柄の男性ならば、それを理由に婚約が破棄されることや、離縁状を突きつけられることは多々あることだった。

だから、今の八重は――嫁《か》する価値のない〝疵物〟として扱われるのだ。

八重は視線を足元に向けた。両手を身体の前で組み、ぎゅっと強く握りしめる。

沈痛な面持ちで会話の続きに耳を澄ませていたら、不意に障子が開いて、毅が顔を出した。

「八重さん」

「っ……」

「逃げないで。また離れまで踏み込みますよ」

咄嗟に身体の向きを変える八重を、毅が呼び止めて、足早に近づいてくる。

「そんなところで聞いていないで、部屋に入ってください。大事な話をしていたんです」

「どうして、私がいると気づいたのですか？」

「私は軍人ですから、人の気配には敏感なんです」

毅に手を引かれて客間に入ると、父と母が驚きの表情で迎えてくれた。

「八重、さっきの話を聞いていたの？」

「……ええ、お母様。立ち聞きして、ごめんなさい」

毅の隣に座らされて、両親の視線を受けながら八重は肩を小さくさせた。

「それでは、改めて話の続きをしましょう。三重子殿、私は八重さんの事情を承知しておりますし、どんな理由があろうとも、彼女を拒絶することはあり得ません。どうか、その点はご心配なさらず」

「そうですか。ならば、これ以上、私から申し上げることはございません」

「弥一殿も、何か私に尋ねたいことや、おっしゃりたいことはありますか？」

「私のほうからは何もございません。毅様になら、安心して娘を預けることができます。どうぞ、娘をよろしくお願い致します」

両親が揃って頭を下げた。途中から話を聞いていたため、八重は状況が分からずに目を白黒させる。

「毅さん……これは、何の話をしていらっしゃるの？」

「君を嫁にもらうという話です。私の邸宅で祝言を行なうので、あとは日取りを決めて、花嫁衣裳などの準備を行ないます」

「よ、め……？」

八重は信じがたい思いで彼の言葉を反芻し、聞き返してしまった。

「いま、私を嫁にもらうとおっしゃいました？」

「言いました」

「そんな、ご冗談を……」

「こんな場面で、冗談など言いません。私は君と結婚します。ご両親も説得して、たった今、了承を得ました」

八重が口を開けたり閉じたりしている間に、毅が背筋を伸ばし、両親に向かって手本のようなお辞儀をした。

「お嬢さんのことは、私にお任せください。必ず幸せにします」

「はい。不束《ふつつか》な娘ですが、どうぞ、よろしくお願い致します」

「お父様、待って。どうして、結婚なんて……」

「それでは、今日のところは失礼します。帰って親族にも連絡しなくてはなりませんので」

「あ、毅さ……」

「ああ、そうだ。八重さん」

話に付いていけなくて取り乱しそうになる八重の手を、毅がそっと握った。

「私は帰りますので、玄関先まで送ってくれますか」

「え、ええ……」

そのまま手を引かれて立たされ、毅がもう一度、両親に深々と頭を下げてから、途方に暮れる八重を連れて客間を後にした。

「毅さん！　一体、どういうことなのですか？」

「言葉の通りです。私は君を嫁にもらう。そう決めました」

「そんな大切なことを、勝手に決めないでください……！」

「君に了承を求めたところで、嫌だとつっぱねるでしょう。だから、まずはご両親に相談して了承を得たあとで、君には事後承諾を得ることにしました。そのほうが早い」

毅が淀みない口調ですらすらと説明し、返す言葉のない八重を一瞥した。

「君がどれほど嫌がろうとも、私はこの決断を覆したりはしません。君には私と結婚してもらいます」

彼の顔は真剣で、声色こそ柔らかいが、有無を言わさぬ口調だった。

毅は、本気で八重と結婚するつもりでいるのだ。それを理解し、彼女は眉尻を下げた。

「ですが、毅さん。先ほど母が言ったことは事実なのです。私は、あの火事で……」

「心配は要りません。そのことで、私は君を拒絶したりはしません」

「あなたは、そんなふうに簡単におっしゃるけど……」

彼は実際に目にしていないから、容易に断言できるのだ。口だけなら、何とでも言える。

玄関に到着し、毅が握っていた彼女の手をようやく解放してくれる。

八重が俯いていたら、毅の手が伸びてきて頬に添えられた。

「八重さん。顔を上げてください」

促されるままに顔を上げると、毅は八重の頬を撫でて、その指先を唇へと這わせる。

「君は、随分と成長しましたね」

「……え？」

「街を歩いただけで言い寄る輩《やから》が現れそうです。今後は、外出する時は必ず誰かと一緒に行きなさい。一人では出歩かないように」

「私に言い寄る人なんて、いるわけがありません。最近はほとんど外出をしませんし、不要な心配です。それよりも、結婚の話ですが……」

「髪も、だいぶ伸びましたね」

近ごろの八重は家に籠もりきりなため、結うことをせず肩に垂らしていた髪を、毅が優しく手で梳《す》いていく。

頭を撫でられる程度ならばまだしも、髪を梳《と》かされるのはさすがに親密すぎる触れ合いだったので、八重は大きく身を引いた。

「いきなり、何をするのですか。そんなふうに触られると、驚いてしまいます」

「すみません。許しもなく女性の髪に触れるのは、不躾な真似でした」

毅が苦虫を噛み潰したような表情で両手を挙げる。

二年ぶりに顔を合わせた彼は、相変わらず若々しくて美丈夫だった。

しかし、久しぶりに面と向かって話をしたせいだろうか。なんだか話が噛み合わなくて、彼の言動も予測がつかず、要領を得ない。

「毅さん、少し様子がおかしくはありませんか？」

「私はいつも通りですが……いや、確かに君の言う通りかもしれません。先ほどは、君との距離がどうにも掴めなくて手が出てしまいました。以後、気をつけます」

「私との距離って、どういう意味ですか？　さっきから、あなたが何を言いたいのか、よく分からないのですけれど」

「つまり、君を女性として扱うように、私なりに考えているということです」

出会った頃からずっと、毅の態度は一貫していた。八重を子供として扱い、妹みたいに可愛がってくれた。

それが不満で、女として見てほしいと告げて毅を困らせたこともある。

しかし、毅が今になって急にそんなことを言い出すから、八重の混乱は深まるいっぽうだ。

「安心してください。祝言を挙げるまでは、もう不用意に触れたりはしません」

毅が挙げていた両手を背後に回し、一礼した。

「それでは、私はこれで帰ります。近いうちに、また顔を見に来ます。その時は、離れに閉じこもるような真似はしないでください。また踏み込むことになるので」

そう言って、毅が下駄を履いて玄関を出ようとするので、八重は咄嗟に呼び止める。

「毅さんっ……結婚の話、私は納得していません」

「結婚はします。もう決めたことですから。君が、どうしても納得できないのなら——」

彼が、ちらと流し目を送ってきた。

「私から逃げるなり、親を説得するなりすればよろしい。ただし、その時は私とて容赦しません。君が逃げたらあらゆる手段を使って捕まえますし、説得するのは私のほうが得意です。とはいえ、八重さんは聡明なお嬢さんなので、そんな真似をしてご両親に迷惑をかけたりはしないと思いますが」

「っ……」

「では、おやすみなさい。八重さん」

八重は颯爽《さっそう》と帰っていく毅の背中を、見送ることしかできなかった。

玄関の戸が閉まって、下駄の音が遠ざかっていくのを聞きながら、その場でへたりこむ。

「毅さんって、あんな人だったかしら……」

強引で、人の話を聞かず、その口から紡がれるのは優しい言葉ではなく、大人しく結婚を受け入れて両親にも迷惑をかけるなという、八重に対する牽制《けんせい》だった。

「毅さんと、結婚……」

二年前の自分だったら、喜色満面になったかもしれない。しかし、今は素直に喜べない。

八重は両手で肩を抱きしめて、指が食いこむほど力を籠めた。

「……あぁ……まさか、こんなことになるなんて……」

項垂《うなだ》れた八重のもとへ、父と母が心配そうに様子を見に来た。

三重子が蹲《うずくま》っている八重の横に膝を突き、肩をそっと抱いてくれる。

「八重……」

「……お母様。毅さん、本気で私を娶るつもりでいるのね」

「ええ、そのおつもりのようね。でも、葛城様はあなたの身に起きたことも、ちゃんと理解してくれているわ」

「実際に目にしたら、どんな反応をされるか分からない。だって私自身、初めて見た時は、なんて醜い傷が残ってしまったんだろうって思ったもの」

絞り出すような言葉を聞き、三重子と弥一が顔を曇らせた。

「八重。毅様は、お前を拒絶したりはしない。ご本人も、そうおっしゃっていただろう」

父が頭を撫でながら言い聞かせてくるが、八重は力なくかぶりを振る。

八重は、まだ十八歳。若い娘だった。そんな彼女にとって身体に残った傷痕は、あの日の心の傷そのものでもあった。

もし夫婦になれば、必然的に肌を見せることになる。

ましてや、夫となる相手が長く恋をしていた男性ともなれば、その傷を見せることを厭《いと》うのは当然だろう。

意気消沈する八重を、三重子が宥めながら離れまで連れて行ってくれた。

一人になって、しばらくぼんやりと宙を見ていた八重はおもむろに立ち上がる。着物の帯をしゅるしゅると解いていき、襟を肩から落とした。

すでに日が暮れていて部屋には白熱電灯が点いていた。その明かりのもと、八重の白い裸体が浮かび上がる。

八重は鏡台の前に立ち、背中が見えるように身を捩った。

背中一面に残る、痛々しい火傷の痕。

かつて真っ白だった肌は赤く変色し、ところどころ引《ひ》き攣《つ》れていて――ああ、これ以上は見るに堪えない。

八重は素早く視線を逸らし、着物をかき集めるようにして肌を隠すと、天井を仰いだ。

「……毅さんには、見せられない……」

十二の頃から片思いをしている、年上の男の人。

その相手から拒絶や憐憫の眼差しを向けられたら、八重はきっと耐えられないだろう。

しかし、そんな八重の葛藤をよそに祝言の日取りは決定し、両親も毅の指示に唯々諾々《いいだくだく》と従って準備を進めていくことになる。

肆ノ章　祝言と疵物

火事のあと、八重が受けた治療は壮絶な痛みを伴うものだった。

感染症の恐れもあったから親族以外は面会謝絶の状態で、怪我の苦痛と投薬のせいで一日中意識が朦朧《もうろう》としており、当時の記憶は曖昧だ。治療の詳細も覚えていない。

しかし、献身的に付き添ってくれる両親や兄の支えもあり、八重は大の男でさえ止めてくれと懇願するような過酷な治療を耐え抜いた。

面会謝絶が解かれると、女学校の友人たちが見舞いに訪れた。

特に、親しい友人——結婚して有栖川侯爵夫人となった櫻子は頻繁に顔を見に来てくれて、大量の書物を貸してくれた。

「どうせ暇なのでしょう。時間のあるうちに学びなさいな。これからは、女でもある程度の学が必要となる時代なのだから」

侯爵夫人らしく、レェスがふんだんにあしらわれたブラウスと紺のスカートに身を包んだ櫻子は、いつもの澄まし顔で言っていたが、たぶん、彼女なりに八重の将来を考えてくれていたのだろう。

　毅との結婚の話が白紙に戻ると告げて、傷心で落ちこんでいた時も、櫻子は文学作品だけでなく歴史書を始めとした専門書や、読みやすい洋書まで持ってきてくれた。

「八重、殿方のもとに嫁げなくたって死にはしないのよ。学さえあれば、あなただって十分に働いて生きていけるわ。異国語がすらすらと読めるようになったら、舶来品を取り扱う実家の商いだって手伝えるでしょう。だから、今のうちに学びなさいな」

　櫻子は八重の尻を叩き、とにかく勉学に励めと促した。

　いま思えば、それも櫻子の気遣いだったのだと思う。

　退院して新しい屋敷に居を移したあと、しばらくは安静にしているようにという医師からの指示も受けていたので、外出することもなく漫然と日々を送ろうとしていた八重に、やるべきことと将来の指針を与えてくれたのだ。

　そういう経緯で、屋敷に戻った八重は学問に打ちこむようになった。

　学生の頃は文机の前で教科書を開くと眠くなったものだが、自分にできることを増やそうという思いで始めた勉学は楽しかった。

　そして日々、書物を読み耽り、頭に知識を詰めこんでいくことは八重に生き甲斐も与えて、常に沈みがちだった気分を押し上げてくれた。

　九州に赴任した毅からは数ヶ月おきに手紙が届いていたが、八重は最初の一通に婚約を破棄したいという旨の返事を書いただけで、それ以降は目を通すだけで返信を書かなかった。

見かねた母が、穀に宛てて返事を書いてくれていたことは知っていた。

真面目な穀が遠い地で職務に励んでいることも理解していたけれど、八重は過酷な治療を経験したあとで、その身に大きな傷痕が残った自分が誰かのもとへ嫁ぐのは難しいことも分かっていたから、どうしても筆を執る気にはなれなかったのだ。

婚約破棄となり、嫁の貰い手がなかったとしても、学があれば師範学校に入って教師になる道もあるし、実家の商いを手伝うこともできる。

知識があれば、未来はそのぶん広がるのだ。

そう信じて、八重はひたすら学んだ。

「八重がどうしてもと言うのなら、家庭教師という名目で、私の話し相手として雇って差し上げてもいいのよ」

櫻子に至っては、そんなことまで言い出す始末。両親にも相談せず、たった一人で学問に励む八重を、誰よりも応援してくれていたのは櫻子だったから、もしかしたら半ば本気で言っていたのかもしれない。

とにもかくにも、八重にとって、この二年は無為な日々ではなかった。

彼女なりに、やるべきことを考えながら行動していたからだ。

ただ、八重に一つ誤算があったとすれば――婚約を破棄すると思っていた許嫁が赴任先から戻ってきて、結婚を迫ってきたことだった。

祝言の当日が迫りつつある、とある日の夕暮れ時のこと。

毅が屋敷を訪ねてきた。仕事帰りに直接寄ったらしく、彼は軍服姿だった。

「こんばんは、八重さん。部屋に入ってもよろしいですか？」

「……こんばんは。どうぞ、お入りください」

離れまでやって来た毅が、八重の承諾を得て部屋に入ってくる。

前もって彼が来ることは知っていたので、書物が山になっていた室内は片づけてあり、八重も身なりを整えていた。

「今日は、君にこれを渡しに来ました」

毅が鞄の中からおもむろに取り出したのは、絹の布に包まれた贈り物だった。

八重はおそるおそる絹の包みを受け取り、中身を知った瞬間、はっと息を呑んだ。

「これ、どうして……」

「昔、君が欲しがっていた櫛です。実は、九州へ旅立つ前に取り置きをしておいてもらったんですよ。いつか、君に贈ろうと思って」

白い絹に包まれていたのは、鼈甲の櫛と笄だった。毅と外出して、百貨店で買ってほしいとねだった蝶螺鈿の細工が施されたものだ。

櫛を手に取った八重は螺鈿細工の美しさに驚嘆し、顔を綻ばせた。

「ありがとうございます。まさか、この櫛を頂けるとは思わなかったので驚きました」

「どういたしまして。君が素直に受け取ってくれてよかったです。てっきり突き返されると思っていましたから」

「そんなこと、しません」

「でも、ここのところ君ときたら、私の顔を見るたびに憂鬱そうにしていますよね。贈り物では懐柔されませんよ、と言われるのを覚悟していました」

「その口ぶりだと、私を懐柔するつもりで櫛をくださったのですか？」

「いや、私としては君が喜ぶ様を見たくて贈ったんですが……まぁでも、半分くらいはそういう気持ちがあったかもしれませんね」

「懐柔はされませんよ。私はまだ、結婚について納得したわけじゃありませんもの」

八重は貰った櫛を丁寧に絹に包み直して化粧箱にしまうと、わずかに口を尖らせて続けた。

「……と、そう言いたいところですが、私がどうこう言ったところで、今更どうにもならないのは分かっています。両親も、私があなたのもとに嫁ぐことを喜んでいるようです。嬉しそうに嫁入り道具の準備をしている二人の姿を見てしまったら、私が嫌だと騒ぎ立てるわけにはいかないでしょう」

娘の嫁入りを両親が喜び、張り切って支度しているのを知った。

だから、これまで散々気苦労をかけてきたぶん、毅のもとへ嫁に行くことが親孝行になるのではないかと彼女は思うのだ。

毅は疵物となった八重でも受け入れると言ってくれているわけで、これ以上ない嫁ぎ先なのは明らかだった。

ならば、あとは八重の心次第だが、毅は十二の頃から片思いをしていた相手だ。

年月をかけて積もり積もった恋心は、そうそう捨てられるものではない。

そういったことを鑑みれば、祝言を受け入れるのが最善だと、それが結論だった。

「身体のこともありますし、納得はできなくても、これ以上は駄々を捏《こ》ねません。本来であれば、私は嫁の貰い手がないような状況でしたし……」

自然と声が小さくなっていった。悄然《しょうぜん》として俯いていたら、毅の手が伸びてきて、華奢な彼女の手を握った。

「そう落ちこまないでください。嫁の貰い手なら、ここにいますよ」

「あなたは、本当に私でもいいのですか？　今なら、まだ撤回することもできます」

「撤回しません。私は君を妻にしたいんです」

「……毅さんって、私のことを妹のような存在として見ているのですよね。あなたの過去のことは詳しく知りませんが、女性に触れられないのなら、私を女として見るようになったら、触れられなくなるということはありませんか？」

そう指摘したら、毅の指が顎に添えられて横を向かされる。すぐそこに彼の顔があり、八重の鼓動がとくりと跳ねた。

「君を妹として見ていたのは、前の話です。今は女性として見ていて、こうして触れることができているので大丈夫ですよ」

「本当なのですか？」

「嘘だと思いますか？」

「ええ。だって、毅さんはいつも、私を子供のように扱って……」

八重は途中まで言いかけたが、不意に顔を傾けてきた毅と唇が触れ合いそうになったので、驚いて身を捩る。

あと少しで接吻してしまうところだった。驚愕のあまり声が裏返ってしまう。

「い、いま、何をしようとしたのですかっ……」

「接吻です」

「せっ、ぷ……」

「君を子供扱いしているわけじゃないと、伝わるかと思いまして」

瞠目した八重は毅の手を振りほどき、じりじりと後退した。どうにか適切な距離を保とうとするものの、中腰になった毅が空けた間を詰めてくる。

「何故、逃げるんですか？」

「逃げるに決まっています。いきなり、接吻なんてできません」

「……………」

「無言で近づいてこないでください……分かりました。以前のように、額にするのですね」

八重が合点したとばかりに頷いたら、毅が動きを止めて見つめてきた。それから、彼は明確な答えを口にすることはせず、にこりと笑う。

……この笑顔は、どういう意味なのかしら。

毅は、混乱に見舞われる彼女を壁際まで追い詰めると、片手を壁に突いて逃げ場を塞ぐ。

八重は背後に壁、右には桐の箪笥、左には毅の頑強そうな腕という、のっぴきならない状況に陥って身を硬くした。

「……額、なのですよね」

毅に顎を持ち上げられた時、頬に朱を散らした八重が念を押すように問うても、彼は目を細めただけだった。

いつの間にか毅の顔からは笑みが消えていて、彼がわずかに開いた唇を舐める仕草をしたものだから、八重の心臓は騒々しい音を立て始める。

「八重さん」

毅が身を屈めた。目鼻立ちのよい顔が接近し、八重は思わず目を閉じる。

とく、とく、とく。心臓の音が、やたらと大きく聞こえてきた。

「目を開けてください」

毅の声が降り注ぐ。

八重が薄目を開けたら、今にも唇が触れ合ってしまいそうな場所に彼の美麗な面があった。

「君に接吻をしてもいいですか？」

ずるい質問だった。彼女が逃げられないようにした上で、意思を問うているのだから。

八重は全身の血が沸騰するような感覚を抱き、白い頬を椿色に染め上げる。

「……そんなこと、訊かないで、ください」

「すみません。以前、不用意に触れないと言ったので一応、許可を取りました」

薄く笑った毅が至近距離で喋るせいで緊張が増して、そこから逃げることも叶わず、八重はもう一度、きつく瞼を閉じた。

とく、とく、とっ、とっ……拍動する音の間隔が短くなっていき、毅の手が頬を包むように添えられて、より一層、彼の吐息が近くなった。

その直後、とうとう互いの唇が触れ合って、八重は息を止める。

「んっ……」

「……ん……」

毅の唇から掠れた吐息が零れ、頬に添えられていた手が彼女の後頭部に回る。ぐっと引き寄せられて唇の密着度が上がった。

「ふっ……んっ……」

毅と接吻をしている。その事実だけで、八重の頭はどうにかなりそうだった。

心臓が激しく脈打っていて、今にも火を噴きそうなほど頬が熱くて堪らない。

それから長いこと、二人は温もりを分け合うように唇をくっつけていたが、やがて彼が身を引いた。

「ぷ、はっ……く、苦しかった……」

緊張して、最低限の呼吸しかできていなかった八重は軽く咳きこむ。

「……ふっ」

「っ、毅さん……何を笑っていらっしゃるのですか？」

「いや、色気も何もないなと」

「……また、そうやって、子供扱いをして……んっ……」

八重が文句を言い終える前に、顎を掴まれて再び唇を奪われた。

「しのぶ、さ、っ……」

「子供にこんなことはしません」

「わ、分かりました……分かりましたから、離して、ください」

「いいや、離さない。もう少しだけ」

赤面しながらあたふたとしている八重を腕の中に閉じこめ、毅が戯れのように幾度も唇を押しつけてきた。

終いには首筋にまで口づけられて、八重が「もう堪忍してください、毅さんっ」と、半泣きで許しを請うまで、彼の甘やかな悪戯は止まらなかった。

◇

杉渓家を後にして、夕闇に包まれた街を歩いていた毅は、川沿いの道で桜の木を見つけた。

近くの外灯の明かりが、葉桜となった木を薄ぼんやりと浮かび上がらせる。

足を止めて桜を見ていると、記憶が蘇ってきた。


——毅さん。桜の枝に手が届きますか?


小さな手を伸ばして、無邪気に笑いかけてきた少女。懐かしいものだ。

覚束ない足取りでお茶を持ってきて、見事に転んで泣き出した八重の姿も思い出し、毅は口元を手で隠しながら笑った。まさか泣かれるとは思わなかった。

あの頃、八つだった少女は、最初こそ怖がって泣いていたけれど毅にも懐いてくれた。

彼女は着物の袖を引いて抱っこをねだり、毅の手を引いて庭を散歩し、軒先に座って日射しを浴びながら一緒に甘い菓子を食べた。

毅は、いつしか八重を愛らしいと思うようになり、共に過ごす時間が楽しいと感じるようになった。そして血の繋がりなど一切ないのに、実の妹みたいに可愛がった。

成長するにつれて、八重はお転婆になっていった。

十二の頃、木に登って降りられなくなったのを見つけたこともある。

降りておいでと声をかけ、躊躇しながら腕の中に飛びこんできた彼女を抱き留めた時、あまりにも軽かったから「ああ、まだ子供なのだな」と感じたことを覚えている。

ちょうどこの時、父の打診もあって毅は八重と許嫁になった。

彼の将来を案ずる父のために許嫁を作った、というのが大きな理由だが、八重が成長するまでは時間があったし、彼自身、彼女とならば共に生きていけるのではないかと思ったから受けた話だった。

けれど婚約してから、ほどなく、父が急逝した。

葬儀の折、毅が一人で桜の木を見上げながら父を悼んでいたら、八重が彼を捜しに来た。そして、声も出さずにぽろぽろと泣き出したのだ。

――……ごめんなさい。涙が、勝手に……。

男子たるもの、人前で泣くなかれ。

厳格な軍人の父によって、そう教えられていた毅は、八重を腕に抱いて涙を堪えた。泣けない毅の代わりに、心の機微に聡かった十二の少女が、俯く彼の頭を撫でながら静かに泣いていた。

思えば、その頃から、八重が毅に向ける視線に憧れの色が含まれるようになった。いたいけな少女の想いに、毅は気づかぬふりをしながら彼女の成長を待ち、やがて十六になった八重と祝言を挙げることになって——あの火事が起きた。毅も九州行きの辞令が下って、二年も離れ離れになったのだ。

そこから、まさか出会って十年経って、愛らしい妹のような存在だった八重を女として意識するようになるなんて、過去の自分は考えもしていなかったことだろう。

たった一瞬で、麗しい女性に成長した八重に心を奪われたなどとは、今でも信じられない。

それでも一つ明確なのは、毅があれほど忌み嫌った〝女〟という存在と、八重は全く別だということ。

「私には、彼女だけだ」

毅が腕を伸ばして桜の枝に触れ、ぽつりと呟いた時、忌まわしい記憶が過ぎった。

――お黙りなさいな、毅。あなたは私の言う通りにしていればいいの。

「……うるさい、毒婦め。消え失せろ」

地を這うような声で吐き捨て、記憶を打ち払った毅は、桜の木に背を向けて歩き出した。

男に見境なく色目を使ってくる女は不快でしかない。

毅にとっては唾棄《だき》すべき存在だった。女は触れることすら厭わしい。

唯一、彼が心を許し、触れることができるのは――八重だけだ。

彼が去ったあと、夜風に吹かれて桜の葉が一枚、ひらりと地面に落ちていった。

◇

祝言の当日。婚礼の儀は葛城邸の大広間で行なわれた。

控室で支度をする際、葛城家の女中に肌を見せることを拒んだ八重は、母と事情を知る杉渓家の女中の手を借りて白無垢を纏った。

白粉を肌に乗せ、唇には紅を差し、美しく装った八重を見て父と母は涙ぐんだ。

口下手な兄までもが「おめでとう」と祝いの言葉をくれたので、八重は複雑な心地で「ありがとう」と応えた。

大広間へ向かう時、廊下では紋付き袴姿の毅が待っていて、白無垢を着た彼女をじっくりと眺めたあと、

「美しい花嫁です」

そう、短く褒めてくれた。

祝言には杉渓家の親族と、葛城家の親族、そして軍の関係者が参列しており、八重と毅は彼らの前で三々九度をして籍を入れた。

櫻子にも招待の手紙を送っていたが、夫の有栖川侯爵に連れられて旅行に行くため出席できないという返事が届いた。旅行から戻ってきたら、改めて祝いに来てくれるとのことだ。

宴の席では、毅の弟である恒と妻の美佐子に挨拶をし、彼らの四歳の息子、清とも初めて顔を合わせた。

「兄上。そして八重さんも、このたびはご結婚おめでとうございます。無事に籍を入れることができて、俺も安心しました。兄上に関しては本気で独身を貫くつもりなのかと、心配していたんですよ」

そう言って朗らかに笑う恒は毅と似た面立ちだが、落ち着きがあって穏やかな印象の毅と比べたらよく喋り、爽やかで明るい男性だった。現在は銀行で働いていて、妻と息子と共に別邸で生活している。

幼い頃から葛城邸に足を運んでいた八重は恒と面識があり、美佐子とも何度か顔を合わせた

ことがあるため、和気藹々とした空気の中で挨拶を終えた。

また、毅の友人で、山川敏之という男性も紹介された。

「ようやく許嫁殿に会えました。よく葛城から貴女の話を聞いていて、一度、こうしてお会いしたかったんです」

「私の話ですか。どんな話をしていらしたの？」

「ああ、それは……」

「山川。余計なことは言うなよ」

「……ということらしいので、許嫁殿のご想像にお任せします。ここで僕がうっかり口を滑らせたら、きっと邸宅の裏に連れて行かれて、恐ろしい目に遭わされると思います。鬼の大隊長殿は容赦がないですから」

「鬼の大隊長？」

八重は首を傾げる。何やら聞き覚えのある響きだ。

毅は九州から戻ってきたあと、少佐に昇進していた。上官や人事の覚えもよく、二年の経験を積んだことで認められたらしい。

少佐となれば軍の中で大隊長と呼ばれるのは、何らおかしくはないが……鬼の大隊長？

「毅さんは、本当に、そう呼ばれているのですか？」

「はい。新兵なんかは、葛城の訓練を受ける時は震え上がっていますよ」

以前も、本人の口から同じような説明を受けた気がするが、どうにも想像がつかない。

八重が隣にいる毅へと胡乱《うろん》な眼差しを送ったら、彼が肩を竦めた。

「事実ですよ。そんな疑わしげな視線を送らないでください」

「山川様。仏の大隊長の間違いではありませんよね？」

「仏って、葛城がですか？」

「毅さん、普段は穏やかで優しい方ですし、なんだか想像ができなくて」

「穏やかで優しい……ですか。僕の知る葛城とは、随分と印象が違いますね。ぜひとも一度、彼の部下の真壁少尉と共に、その姿を拝見してみたいものです」

山川が含みのある表情で毅を見やるが、張本人は素知らぬふりで注がれた酒を呷っていた。


夜が深まってきた頃、一日の疲れが出てこくりこくりと船を漕ぎ始めていた八重は、毅に肩を叩かれて顔を上げた。

「眠そうですね。疲れたでしょう。そろそろ部屋へ行きましょうか」

「……はい、毅さん」

毅に立たされて、誰にも声をかけられることなく大広間を後にする。

眠気に襲われて欠伸を連発していたら、彼女の手を引いていた毅が苦笑した。

「部屋に行ったら、すぐ寝てしまいそうですね。でも、まだ寝ないでください。今夜は、初めて二人で過ごす夜ですからね」

囁くように告げられた台詞で、八重の眠気は煙のごとく消え失せた。

そうだ。眠気で頭が回っていなかったが、今夜は夫婦として毅と過ごす初めての夜だ。

途端に緊張してきて、八重は落ち着きを失くした。視線をあちこちに向けながら狼狽しているうちに、毅の部屋に到着する。

寝所へと足を踏み入れたら、行灯《あんどん》の淡い光によって室内は照らされており、白い蒲団が二組並べられていた。

夫婦ならば、夜は共寝をする。そんな至極当然のことを、今更ながらに実感した八重は目眩を覚えた。

今日から、私はここで毅さんと一緒に寝るの？

事ここに至り、八重はたじろぐ。思わず後ずさったら、後ろに立っていた毅とぶつかってしまい、よろめいた。

すると、毅がふらつく八重をしっかり支えてから、軽々と彼女を抱き上げる。

「あっ……」

八重は彼の首に腕を回し、そっと蒲団に降ろされるまでしがみついていた。

毅が笑みを零し、彼女の頬に唇を押しつけると、純白の打掛《うちかけ》を脱がした。そして、するすると掛下《かけした》の帯を解き始めたものだから、八重は急いで彼の手を押し留める。

「毅さん。お願いがあります」

「いいですよ。何でも言ってください」

「……裸に、なりたくないのです」

八重は下を向きながら、今にも消え入りそうな声で請うた。

「抱かれるのが嫌というわけではなくて……ただ、身体を見せたくないのです。だから、閨《ねや》で全ては脱がさないでください」

「君の身体にある傷のことなら、私は気にしませんよ」

「……いいえ。実際に見たら、絶対に驚くと思いますし……あまり、いい気分にはならないと思うのです。特に背中が酷いので、見ないでほしいのです。どうか、お願いします」

切実な思いを籠めてお願いすると、毅がそっと髪を撫でてくる。

「今日のところは君の意思を尊重します。しかし、夫婦になったからには、いずれは君の肌を余さず見せてもらいます。いいですね」

「……分かりました。見せる覚悟ができたら、ですけど……たぶん、見ても気分が悪くなるだけですよ」

「それは実際に見てみなければ、分かりません。ところで君のお願いを聞く代わりに、私からも幾つか願いがあるのですが」

「何ですか？」

「君の名前、閨の中では〝八重〟と呼んでもいいですか？」

毅が再び掛下の帯に手をかけて解き始める。しゅるしゅると衣擦れの音を聞きながら、八重も今度は彼を制止することなく、こくりと頷いた。

「ええ。でも、閨の中だけなのですか？」

「普段は、呼び慣れているので八重さんと呼びます。ただ、閨の中では夫婦だけの時間ですから、特別に八重と呼びたいんです。まぁ、離れに閉じこもった時のように、叱る時にも使うと思いますが」

「あれは……確かに驚いたし、少し怖かったです」

八重が板戸を蹴破られた時のことを思い出してぶるりと身震いしたら、毅はにこりと笑う。

「もう一ついいですか。これからは口調を変えても？」

その場に応じて名前を呼び捨てにされて、口調も変わる。

今後は許嫁ではなく夫となるのだから、それも受け入れるべき変化なのだろう。

「はい。毅さんの、お好きに」

「分かった。君も、私に敬語は使わなくていいよ」

「うーん……毅さんと話す時は、このままが一番話しやすいです。だから、変えません」

「そうか。君の好きにしなさい」

そう囁いた毅が帯を抜き取り、八重を仰向けで横たえる。

「初夜を始めてもいいかな」

「……深呼吸を、させてください」

あの火事があってから、もう毅と夫婦になることはないのだと思っていた。

しかし、その毅から結婚を迫られ、今こうして八重は娶られた。

まだ、全てを見せることはできないけれど、籍を入れたからには拒絶することはしない。

それに、八重とて、初恋の人である毅の妻となることは夢だったのだ。

あの火事のせいで心身ともに傷を負い、想いを遂げることを諦めていただけで。

深く息を吸った八重は、毅に向かって両手を伸ばした。

「毅さん」

私を抱きしめてと請うたら、毅が蕩《とろ》けるような微笑を浮かべて望みを叶えてくれる。

「嫌がらないんだな。何か理由をつけて拒絶されるかもしれないと思っていたよ」

「そんなこと、しません。だって、私は……あなたが嫌いなわけじゃないんです」

それよりも、と八重は毅に抱きつきながら言葉を継ぐ。

「毅さんこそ、平気なのですか？」

「どういう意味かな」

「私に……女として、触れられるのですか？」

毅が身を離し、心配そうにする八重の顔を見つめながら、低い声で囁いた。

「杞憂だ。君のことは女として見ていると言ったはずだよ」

「それならば、よいのですけれど」

「八重、手を貸して」

彼は八重の細い手を掴み、下のほうへと移動させる。袴の結び目のちょうど下くらいで、八重の指先に硬いものが当たった。

「私は君を抱ける。その証だ」

「これは……？」

「…………」

「あっ、そうなのですねよく分かりました」

しばし遅れて合点した八重は、息継ぎもせずに早口で言う。閨事《ねやごと》について最低限の知識はあるので、指先に当たっているものが何なのかは予想がついた。

慌てて手を引っこめて、気まずげに目線を泳がせていたら、目を細めながら彼女の反応を窺っていた毅が小さな笑い声を零して顔を傾けてくる。

「接吻するよ」

「……はい……んっ……」

その口吸いは、初めて交わした接吻とは全く違う意図を孕んだものだった。

唇の表面をくっつけるだけではなく、彼の舌が口の中へと入ってくる。そのまま口内をねっとりと舐められた。

「ん……？」

八重は戸惑いと面映《おもは》ゆさで頬を紅潮させながら、毅の背中に腕を回す。

「んっ、ふ……毅、さ……」

喋ろうとすると、それを遮るように舌を搦め捕られた。

まるで飴玉を転がすみたいに、毅は巧みな舌遣いで八重の舌を弄んでいく。

「……はっ、ん……」

何だか、身体が少しおかしくなってきた。毅の熱い吐息と、猥《みだ》りがわしい舌の動きのせいで、お腹の奥がきゅんっとする。

いつまでも終わらない接吻に息を乱し、八重は身体の力を抜いた。前のめりになって唇を押しつけてくる毅の首に、ぶら下がるようにして掴まっていたら、彼がようやく口を離す。

口吸いをされている間、どのようにして呼吸をすればよいのか分からなかった八重は、この時点ですでに息も絶え絶えだった。

「はぁっ……はぁ……」

白磁の頬に朱を散らして、唾液でしっとりと濡れた唇を半開きにしながら酸素を求めて喘ぐ八重を見下ろし、毅の瞳には燻るような熱情の焔が灯った。

乱れた襟の隙間に毅の手が入りこみ、乳房に触れられた時、八重はぴくんと震えて思わず彼の手を押さえていた。

「あっ、そこは……」

「背中以外なら、触っても平気かな」

「……は、い」

「よかった。どこも触るなと言われたら、どうしたものかと思ったよ」

毅が掛下の襟を襦袢《じゅばん》ごと大きく開いたら、白く柔らかそうな乳房がまろび出る。

ふっくらと丸みを帯びた胸の膨らみに、毅の視線が注がれているのを感じながら、八重は恥じらうように顔を背けた。

大きな火傷があるのは背中だけだ。あとは手のひらに少しと、脇腹かそこらに薄らと残っている程度。

だから身体の前面は、見られても支障がない。

そうは言っても、乳房を注視されるのは恥ずかしいので、さりげなく両手で胸元を隠そうとしたら手首を掴まれた。

「隠さないで、見せなさい」

「そう言われても……視線が気になるのです」

「しっかり見たいんだ」

そう言った毅はとても真剣な表情をしていた。それから、彼は繊細なものを扱うような手つきで胸に触れて、まぁるい形と柔らかさを堪能するように揉んだ。

「んっ……」

「……うん。問題ない」

毅は彼女に触れて何かを確認してから相好を崩す。ひどく嬉しそうだった。

一方、八重はというと、どうにも居た堪れなくてもじもじと身体を揺らしていた。

「毅さん……もう、いいですか？」

あまりに胸ばかり凝視されるので、穴があったら入りたい心地だった。

すると、毅が八重の手首を捻り上げたまま身を乗り出して唇を奪っていく。

「ふ、んっ……」

執拗《しつよう》な口吸いが始まった。毅は唇を食《は》み、舐《ねぶ》り、舌を吸って、絡めて、そうして肌を隠したいという彼女の意思を根こそぎ削《そ》いでいく。

「はぁ……あ、んっ……」

彼は八重が息苦しさに身悶えようが構わず、その細い手首を褥《しとね》にぐっと押さえつけた。

「んんっ、ん……しのぶ、さっ……あぁっ、くる、し……」

息を吸わせてくれと弱々しく訴えても、毅は無視をする。まるで味をしめたと言わんばかりに八重との口づけに没頭していた。

やがて、口内で混じり合ってどちらのものか分からなくなった銀糸を舐め取りながら、毅が緩慢に身を起こした。

「……はっ……あ……」

ほとんど肌には触れられていないはずなのに、濃密な前戯のような接吻を施され、初心で不慣れな八重はひとたまりもなかった。

杭を打たれて磔になった蝶みたいに弛緩して四肢を投げ出す八重を見下ろし、毅が口元の唾液をぐいと拭い取る。

「君との接吻は、とても心地いい。もう一度……」

うっとりと呟いた毅が袴の帯を解きながら身を屈めてきたので、八重はいやいやと首を横に振った。

「……毅さん……接吻が、長いです」

「ああ。つい、心地よかったものだから」

「あまり長いと……息が、できないのです」

「ならば練習しよう」

毅が上着の襟を肩から落とし、軍人として鍛え上げられ、厚みのある上半身をさらしながら上に乗ってくる。

「さぁ、八重。こっちを向いて」

「……今のうちに、たくさん息を吸っておきます」

八重が至って真面目な表情で胸に手を当てながら深い呼吸をしていると、毅が顔を伏せてくつくと笑い、首筋に唇を押し当ててきた。

「そう身構えずとも」

「身構えますとも」

「では、少し失礼」

「あっ……」

「肩の力が抜けるように」

「ちょ、っ……毅、さ……っ……」

大きな手のひらに乳房を包みこまれて、優しく揉まれる。ぷくりと尖った乳頭を刺激され始めると、身構えていた八重はあっという間に脱力した。

「あ……あ、ぁ……」

胸を触られながら、また口を吸われる。先刻の口吸いとは少し装いが違い、八重が息を吸えるようにと時たま口を離し、それから再度唇を重ね合った。

「んんっ、は、う」

毅の手のひらに、ちょうどよく収まる大きさの乳房を好きに弄られた。

桜色の頂《いただき》をきゅっと摘まれて「あぁっ」とあえかな声を漏らせば、その甘い吐息ごと毅の口に飲みこまれる。

接吻と愛撫。二つ同時に行なわれると、妙な心地になった。

「は、んっ……んんっ……」

八重は褥の上で身悶えながら、唇が離れた隙に乱れきった自分の姿を見下ろす。

毅の手により、白い掛下と長襦袢は前が大きく開かれて乳房と腹部が露わになっていた。

あと少し裾が捲れたら、今度は下半身が露出してしまうだろう。

それは困るわと、八重はしっかり足を閉じて裾を押さえた。

下腹部の奥で熱が渦巻くような心地に見舞われていて、尿意とは少し違う、足の間が濡れているような感覚がするのだ。

さすがに小水ではないはずだが、粗相をしたのではないかと心配になってきた。

八重の異変に毅も気づいたようだ。

「どうした？」

「……何でも、ありません」

「何やら落ち着きがないな」

「本当に、何でもないのです」

毅が裾を押さえる八重の手をちらりと見て、口角を持ち上げる。

「この手は、何を隠しているのかな」

「別に、何も」

「隠し物を確認したい。手を退かしなさい」

「……だ、だめです」

「何故？」

「とにかく、だめなのです。何でもありませんもの」

膝をこすり合わせて何もないと言い張るが、年上の夫は首をことりと傾げてから、玲瓏《れいろう》な美声で囁く。

「私は君の夫だよ。夫に隠し事はいけないな」

胸を愛でていた毅の手が鳩尾《みぞおち》から腹部まで降りていき、太腿のほうへと降ろされていく。そして、八重が押さえている着物の裾の中まで滑りこんできた。

「あっ、そこはっ……」

「ん？」

毅がすべらかな太腿をさすり、その隙間にまで手を差しこんでしまう。ぴったりと閉じた足の中心を指で探られて、八重はぎゅっと目を閉じる。

「あの……ごめんなさい、私……粗相を、したかもしれません」

「…………」

毅が手を抜いて指先が湿っているのを確かめると、やたら深刻そうな面持ちで言った。

「これは違う。君の身体が、私を受け入れる支度を始めたんだ」

「支度？」

「八重。君は閨事について、どこまで知っている？」

「どこまでと訊かれても……その、だ、男性のあれを、身体にいれるのでしょう」

「うん。それで？」

「それで、終わりです……そう習いました」

嫁入りが決まってから、それとなく母や櫻子から教えてもらったが、詳細はぼかされた。

子供の作り方は女学校でも教わるのだけれど、抽象的な表現が多くて分かりづらく、はっきりと分かっていることは、互いに裸になって、嵩《かさ》を増した男性の性器を足の間に押しこまれて子種を注がれるということ。

すでに結婚している櫻子などは、

――あれを口で説明するのは、とても無理ね。とにかく、力を抜いてお相手に身を委ねなさい。最初は殿方が勝手にやってくれるわ。私から言えるのはこれくらいよ。

と、ほぼ参考にならないおざなりな知恵を伝授してくれた。

教わったことを掻《か》い摘《つま》んで毅に伝えたら、彼は深刻そうな表情を崩さずに頷く。

「なるほど」

「ですから、毅さん。私の身体が支度を始めているのなら、長引かせるのもあれですし、早く終わらせましょう」

「ふむ……どうしたものかな」

「まだ、接吻はするのですか？」

「するよ。他には、何をしたらいいと思う？」

「あとは……とりあえず、あなたと、素肌を触れ合わせて」

「うん」

「それから……たぶん、身体を繋げるのですよね。その辺りは全て毅さんにお任せすることになりますが、やり方を教えて頂けたら、しっかり覚えます。それもきっと、夫婦の生活には必要なことでしょうし」

乏しい知識を披露して、しどろもどろになる八重を見ていた毅が堪えきれぬとばかりに微笑を浮かべて、ぎゅっと抱きしめてきた。

「毅さん？」

「まったく、君ときたら」

「どうして笑っていらっしゃるの？　私、もしかして間違ったことを言いましたか？」

「いや、正しいよ。何も間違っていない」

「だったら、そんなに笑わなくても」

「君が初々しくて、とても愛らしいから」

「だって……こんなこと、初めてなんですもの」

どこまで知っているのかを素直に打ち明けたのに、笑われるのは不本意だ。

膨れ面をする八重を腕の中に包みこんで、小さく肩を揺らしていた毅が、彼女の首に吸いついて赤い花びらを散らした。

「君には教え甲斐がありそうだな」

「これでも覚えはいいほうです。お任せください」

「頼もしい言葉だ」

毅が依然として笑みを湛えたまま、緩慢に身を起こした。

何をするのだろうと思いながら目で追うと、彼が身体を下のほうへ移動させる。そのまま足に手をかけられて、横へと押し広げられた。

「あっ……！」

必死に押さえていた裾を呆気なく捲られて、彼の眼前に女陰を曝《さら》け出すことになった。

驚いた八重は半身を起こし、足を閉じようとするが、毅が太腿を優しく叩いて「足を開きなさい」と言う。開かなければ行為が進まないと説かれて、八重は渋々と指示に従った。

毅は魅惑的な垂れ目をぱっちりと開けて、彼女の秘められた場所をしげしげと観察していたけれど、やがて嬉しそうに破顔した。

「君のここは、淡い桜色をしている。まっさらで、とても綺麗だ」

自分でもしっかりと見たことがない部分について赤裸々な感想をもらい、八重は両手で赤面を覆いながら項垂れる。

確かに、誰にも触られたことがなくてまっさらだが——正直、顔から火が出そうだった。

「八重。顔を上げて、よく見ていなさい」

促されてそろりと目線を向けたら、開いた足の間へと、毅の手が添えられた。そのまま秘部をさすられて、ひゅっと息を呑んだ。

「ここは感じると濡れるんだ」

毅が教師のような口調で言いながら、指の腹で陰部をこすり始める。彼の指先がとある一点を掠めるたびに、身体が跳ねてしまった。

「んっ、んんっ……」

腰が疼《うず》くような、不可解な感覚が全身を駆け抜ける。

そして、毅が言った通り足の間が濡れてきて、潤滑油となり彼の指の動きを助けた。

「あ……濡れて、きた……」

「身体を繋げるには、とても重要なことだ。君の身体を傷つけないためのものだから」

「……はぁ……なるほど」

八重はその手の事柄に疎かった。十二の頃から許嫁がいたために、同年代の異性と逢引をしたこともない。

その許嫁も大人の男で彼女を子供扱いしていたから、今日まで房事のいろはを教えてくれるわけもなくて、もちろん自慰などしたこともなく、無知なまま育った八重は自分の身体が〝濡れる〟ということに一驚しつつも、そういうものかと受け入れる。

そんな八重に嬌艶《きょうえん》な笑みを向けた毅は、まだ誰にも暴かれていない花唇を淫らな指遣いで弄り、ひどく感じる一点、秘玉を絶妙な力加減で転がした。

おぼこな八重と同様に、まだ初々しく芽吹きを待つ蕾のような花芽をくりくりと愛でられると、彼女は細い首を仰け反らせて身震いする。

「あっ、あぁっ、ん」

これは、何なのかしら。他のどこを触られるよりも気持ちがいい。

震えが止まらなくなった八重は半身を起こしていることが億劫になり、ぐったりと褥に横たわる。無防備に毅へと身を明け渡す体勢になった。

すると、八重の反応を窺いながら陰部を弄《いじく》り回していた毅がぺろりと口を舐めて、ここぞとばかりに彼女の足の間へと顔を埋めてくる。

生温かい吐息を感じたかと思ったら、ねっとりと舐められたので身体が魚のように跳ねた。

「ンンッ！　あ、あっ……やっ、毅さっ……」

指で秘裂を開かされ、ぱくりと開いた蜜口へと毅の舌が入ってくる。

軽い異物感と、柔らかく濡れた舌で浅い部分を舐め回される淫らな感覚に、とんでもなく恥ずかしい行為をされているのだと悟った八重は羞恥で紅葉を散らした。

「そ、そこは……不浄の、場所で……っ」

「のちほど、私を受け入れる場所だよ。傷つけないように慣らさないと」

「……ああ、あ、あっ……」

そこから舌による愛撫が始まった。

毅の吐息が敏感な秘部に降りかかって、身震いするのと同時に蜜液がとぷりと溢れる。

「ふ、はぁ……あぁ」

八重は肩で息をしながら目線を下に向ける。毅と視線が絡んだかと思ったら、蜜口に吸いつかれた。

「やぁっ、んっ……毅さ、っ……吸わない、でっ……」

愛液を吸われる淫靡《いんび》な音が響き渡り、思わず足を閉じそうになったが、ならぬとばかりに毅の手でぐいと開かされる。

「あ、ああ……あーっ……」

自分が何をされているのか分からぬまま、八重は身悶えて喘いだ。

充血して膨らんだ花芯も吸われ、少しざらついた舌の先で刺激されると、官能の波間へと放り出されたように震えが止まらなくなり、頭の中が白く霞んでいく。

「やっ、やぁ……あ、あ……毅さんっ……もうっ……堪忍、してくださいっ……」

褥の上で色白の肢体を淫らにくねらせて、口からは懇願が飛び出す。

もうやめてくれと、か細い声で繰り返していたら、陰唇をたっぷりと舐め尽くした毅が赤い秘玉を摘まんで包皮を剥く。

その瞬間、狂暴で容赦のない快感の鉾《ほこ》が八重の脳天を貫き、甲高い嬌声が上がった。

「ひゃ、あぁんっ……！」

目の前に閃光が散り、全身がびくびくと震える。

一瞬、意識が彼方へと飛び去りそうになり、八重はしばし天井を仰いで呆けた。

「……はぁっ、は……い、いま、の……何……？」

小刻みに呼吸をしながら動揺していたら、毅がむくりと起き上がる。

「少し、やりすぎたか」

「……毅、さんっ……」

勝手に涙がぽろぽろと溢れてきて、力の入らない腕を彼の首に巻きつけたら、よしよしと髪を撫でられて額に口づけられた。

「気をやっただけだよ。恐ろしいことじゃないから、泣かなくていい」

「っ、勝手に……涙が、出るだけで……怖くて、泣いているわけじゃ、ありません」

「そうか。では、初めての感覚で驚いたんだな」

毅はどこまでも甘やかすような声で囁き、鮮やかな紅色に染まる頬に恭《うやうや》しく口づけて、はらはらと伝い落ちる涙を舐め取る。そして、再び八重の秘部へと手を伸ばした。たっぷりと愛液を滴らせる隘路《あいろ》へと、今度は指を挿し入れて、くちゅくちゅと音を立てながらゆっくりと出し入れを始める。

「んっ、ん、はぁ、んん……」

お腹の奥から熱の塊がせり上がってくる。それが全身へと行き渡り、一気に玉のような汗が吹き出してきた。

「ふっ、あ……っ、毅さん……」

じっくりと時間をかけて、彼の指に慣らされる。

狭隘《きょうあい》な内側を指でこすりたてられる違和感に仰け反れば、無防備な白い首へと毅が唇を押し当てて、何度か噛むような仕草をする。

しかし、齧られることはなかった。彼は、まるで柔肌に歯を立てるのが躊躇われるとばかりに歯を当てるだけで、もどかしげに唸りながら顔を離す。

濡れた蜜路に挿しこまれた指が奥へと侵入しようとするが、不意に疼痛《とうつう》が走り、八重は火照った顔を顰めた。

「……は、っ……い、たい……」

小さな呟きを聞き取った毅が、すぐに指を抜く。

「っ、今のは……大した痛みじゃ、ありません……どうか、続けて……」

「いや、これ以上、指で弄るのはやめておく。純潔の証を傷つけてしまいそうだ」

毅が起き上がって、乱れた袴の中から硬く勃起した男根を取り出した。

八重がこれまで見たことのない奇怪な形をしたそれは、全体的に赤黒く、丸みを帯びた先端からは透明な体液が滲み出ている。

男性の性器って、こんな形をしているのね。

好奇心旺盛な気性ゆえに、八重の感心は羞恥を上回って、煌《きら》めく黒曜石のような目で毅の下半身を見つめていたら、袴の帯を解いてよそへと放り投げた彼が急に顰め面をした。

「八重。そう、凝視するものではないよ」

「ご、ごめんなさい……初めて見たものですから……」

「好奇心旺盛なのはいいが、しげしげと見られると、私も緊張するから」

毅が苦笑いを浮かべて、大人しく横たわっている八重に覆いかぶさった。彼はしどけなく投げ出された太腿を横に押し開いて、その間へと腰を据える。

「八重、挿入《い》れるよ。つらかったら言うように」

「……毅さん」

隆々と昂ぶった陽物が秘裂に添えられ、身を屈めてきた毅が、八重の顔の横に手を突く。

「ん？」

「接吻、してくれませんか」

自分からねだるのは二度目だった。一度目は二年前で、額に口づけをされた。

毅は恥ずかしそうに横を向く八重の頬を指の背で撫でて「いいよ」と甘く囁き、そっと口づける。

そうやって隙間なく唇を押しつけたまま、何度か唇を食まれたあと、毅が腰をぐっと突き上げてきた。

「ふっ、ん！」

口吸いをされながら、ずぶずぶ、と逸物が蜜口に埋められていく。

未通の身体を抉《こ》じ開けられるのはそれなりに痛みを伴ったが、怪我の治療で味わった地獄のような苦痛と比べれば、恋い焦がれた人を受け入れる時に味わう破瓜《はか》の疼痛は、八重にとっていっそ幸福ですらあった。

毅が掠れた吐息を漏らしながら力んだ際に、ずっしりと質量のある男根が八重の蜜壺に深々と埋まった。

「はぁ……」

八重は嘆息する毅の背に腕を回し、重ね合わせた肌から伝わる温もりに胸を熱くする。

これで毅と結ばれたのだ。長いこと一途な想いを抱いていて、もう一緒になれないと諦めたこともあったのに、こうして彼に抱かれている。

そう思ったら、勝手に涙が溢れてきた。泣いていることが知られたら子供扱いされてしまいそうだから、必死に声を殺して感極まった涙だけを流していると、息を整えていた毅がそれに気づく。

「っ……うっ……」

「すまない。痛い思いをさせた」

労わるように声をかけられて、唇を引き結んだ八重は首を横に振った。涙の理由は痛みのせいじゃない。

「……違うんです……あなたと、結ばれて……私、嬉しくて……」

それ以上は言葉にならず、鼻を啜《すす》って毅を抱擁《ほうよう》すると、顔中に口づけが落とされる。

「ああ……私も、君と結ばれて嬉しいよ」

「……んっ……」

顔を探索していた毅の唇が、最後に八重の唇を塞いだ。啄《ついば》むように触れ合わせたり、離したりを繰り返し、二人を取り巻く空気が甘さを帯びる。

毅が、もどかしげに腰を揺らしたので、八重は控えめに切り出した。

「……これで、終わりなのですよね」

名残惜しげに囁いたら、額の汗を拭った毅が目をぱちりと瞬かせる。

「ん？　終わり？」

「閨の中で、するべきことです……身体も、繋げましたし」

「…………」

大きくて硬い剛直が隘路をみっちりと満たしており、少し動かれただけでも疼痛と、むず痒《がゆ》い感覚が生じる。

「これ、ちゃんと抜けるのですか？」

八重がもじもじと腰を浮かせたら、毅が顔を背けてわずかに肩を震わせた。

もしかして笑っているのだろうか。

「毅さん、笑っていらっしゃるの？」

「まだ、終わりじゃない。君の中に子種を出さないと」

「……なるほど……そうです、よね……それも、しなくては……」

「君も手伝ってくれ」

「何をすればいいのですか？」

「そうだな……じゃあ、君から接吻をして」

八重は素直に応じて、毅の首を抱き寄せながら拙《つたな》く唇を押しつける。彼の目が弓なりに細められた。

舌を絡めながら濃密な接吻をしていると、毅が身体を少し浮かせて腰を押しこんでくる。

ずんっと奥を突かれて八重は熱い吐息を零した。

「ん、あぁっ……」

「……君があまりにも純真だから、私好みに仕込みたくなるな」

脈打つ雄芯を根元まで突き入れた毅が、声色を低くしてそんな不穏な囁きを落とす。

彼の言葉の意味を解することができずに八重は眉を寄せた。そして、ここで心の準備をしておかなかったことを後悔することになる。

「動くよ、八重」

その声かけの直後から始まった行為は、八重が想像していたものとは全く違った。

嵩を増した男根を受け入れて子種を出すだけ——そんな稚拙な知識しか持っていなかった彼女は、欲情した男に押さえこまれながら身体を揺さぶられ、次々と襲いくる官能的な熱の塊を受け止めることになり、激しい混乱と羞恥の中へと無防備な状態で突き落とされた。

「あ、あ、あっ……やぁっ、あぁ、あ……」

八重の口から、恥じらいと心地よさがない混ぜになった嬌音が上がった。

緩やかに腰を押しつけられ、収斂《しゅうれん》する蜜路の中ではち切れそうなほど硬く育った熱の楔が前後に動いていた。

先ほど挿入された時は痛みを伴ったはずなのに、幾度も出し入れをするたびに彼女の身体は房事に順応し始めて愛液を滴らせる。

「はぁ、あんっ、あ、ん」

「八重……」

毅が八重に覆いかぶさり、名前を呼びながら耳たぶを甘噛みしてくる。

彼の背中にしがみついた八重は、あられもなく横に開かされた自分の足が毅の動きに応じて淫らに揺れている様を見ながら、こんなことは知らないと心の中で叫んだ。

夫婦の閨では互いの身体に触れて、身体を繋げて終わりではなかったのか。

繋がった部分を押しつけ合い、これほど淫蕩《いんとう》な行為をするとは、誰も教えてくれなかった。

毅がきゅうきゅうと締めつける秘孔へと男根を押しこんでは、とろみのある蜜液と亀頭から溢れる先走りを攪拌《かくはん》させるように、執拗に揺すった。

無理に抉じ開けられて疼痛があるはずなのに、同時に乳房や花芽も愛撫されるから、八重は切なげに声を上げる。

「……毅さんっ……そんな、ふうに……動か、ないでっ……」

「聞けない願いだ……君の中は心地よすぎて、止められない」

毅が笑い交じりに言い、八重の肩を褥に押さえつけて腰を叩きつけてくる。

ぱちゅんっ、ぱちゅんっと、彼女の白い臀部《でんぶ》と、毅の筋肉質な太腿がぶつかり合った。

「ん、んっ、あ、ふぁっ……」

飛び散る汗と、荒々しい息遣い。

八重は瑞々しい裸体をくねらせながら、踵で幾度も褥を蹴り上げて腰を浮かそうとする。

「は、はぁっ、毅さん……毅さんっ……」

成熟した女と言うには、まだ若く。

年若い乙女の時期も過ぎ去りつつあり、もう大人になるという年齢。

色香を纏う大人の女性と清廉な乙女の狭間にいる八重は、毅に無垢な肌を暴かれながら婀娜《あだ》めいた美しさを振り撒いていた。

「あぁっ、あ……」

毅が奥を抉《えぐ》るたびに、絶えず襲ってくる疼痛と快楽が天秤にかけられる。

その天秤は乳房を揉まれて、ぷくりと膨れた陰核を指で苛められると快楽のほうへ傾ぎ、蜜壺に挿しこまれた昂ぶりで胎の奥を乱暴に突かれると、疼痛のほうへ傾いだ。

ゆらゆら、ゆらゆらと、八重はどっちつかずの感覚に翻弄されながら、毅の背にしがみついて爪を立てる。

「はぁーっ……」

毅の口から掠れた声が零れ落ち、一定の速さで穿《うが》たれていた雄芯の動きが止まった。

天井を仰いで息を整えていた毅が、八重の膝を持って横向きに転がす。そうして、打ちつける角度を変えながら揺すり始めた。

八重は何度も最奥をつつかれ、快楽の果てを目指して激しさを増す揺さぶりの中で、ちかちかと白い光が散るのを見た。

「あ、あん、あぁんっ」

初めての交合も終わりに近づいていた。

短い嬌声を響かせ、悩ましげに身を捩る八重を抱えるようにして押さえこんだ毅が、唇ごと食べてしまうみたいに口吸いをしながら上ずった声で言う。

「……八重、っ……私は……君が、愛おしい……」

この時、快楽の甘い熱に飲みこまれて意識が朦朧としていた八重は、熱情に浮かされたような彼の言葉を聞き逃した。

「毅、さんっ……あ、ああっ……」

「……ああ、もう……出、るっ……」

毅が腰を強く打ちつけて、限界まで張り詰めた男根をぐぐっと奥までめり込ませる。

限界の一声と共に胎の奥で大きく膨れた陽根が脈打ち、びゅくっと精が吐き出された。

「あ、あぁあー……」

大柄な毅が、あえかな声を零しながら震える八重にのしかかり、数度腰を押し入れる動きをして子種をたっぷりと注いでいく。

それからしばらく、身体を重ねたまま呼吸を整えた。

八重は脱力している毅の頭に手を添え、ゆっくりと撫でながら、これでようやく閨事が終わったのだなと思う。

そして、こんな淫らな行為を、これからは当たり前のように毅とするのかと考えて恥じらうように瞼を伏せた。

緩慢に身を起こした毅が、八重の首筋に顔を埋めて歯を立てる。しばし歯形をつけるかどうか迷うように甘噛みしていたけれど、そのうち歯に力が入って軽く肌に食いこんだ。

毅は歯形だけでは飽き足らず、これは自分のものだと示すように赤い鬱血痕もまばらに散らしていった。

「……しのぶ、さん……」

八重は所有の証を残している彼の名を舌足らずに呼びながら、深く息を吐き出す。

何だか、とても疲れた。このまま寝てしまいたい。

睡魔に襲われてうとうとし始めたら、掛下と襦袢を剥《は》がされて、毅の手が背中にそっと這わされた。

その瞬間、八重はぱちりと目を開けて彼の手を押さえる。

「つ、だめです……毅さん」

ただ触れるだけでも、傷の酷さが分かってしまうから。

毅が渋々と手を引っこめ、八重も気だるい身体を起こしながら襦袢で肌を隠した。

しっかりと帯を締めたところで、背後から毅が抱きしめてくる。

「八重。よければ、もう一回」

「もう一回……？」

八重が聞き返しながら小さな欠伸をしたら、毅が苦笑した。

「いや、今日はやめておこうか。君も初めてで、疲れただろうから」

毅は眠そうに目をこする八重の頬に唇を押し当てると、手早く後始末をして、ぐしゃぐしゃに乱れた蒲団から、隣の真新しい蒲団に寝かせてくれようとする。

そこで八重は躊躇いがちに切り出した。

「毅さん……私、自分の部屋へ戻ります」

「ここで寝たらいい。蒲団も二組ある」

「……いいえ。やっぱり、しばらくは自分の部屋で寝ます」

一緒に寝たら、先ほどの調子で身体を見られてしまいそうな気がしたから、八重が俯きがちに切り出せば、一瞬、毅の顔に何とも形容しがたい表情が過ぎった。

しかし、毅はすぐに「分かった」と首肯して、足に力が入らずに蹲っている彼女を抱き上げる。

「自分で歩けますよ」

「いいから、じっとしていなさい」

そのまま隣の自室まで運ばれ、寝所に蒲団まで敷いてもらって、今度こそ寝かされた。

「君が寝るまで、ここにいる。眠った後に身体を見たりしないから」

「……毅さん、ごめんなさい」

毅は疵物であっても構わないと言って、八重を娶ってくれた。

だから、もう少し自分の気持ちと相談してから、彼に見せる勇気を出そうと思う。あとは八重の気持ちの問題だった。

蒲団の中で身を丸くしながら消え入りそうな声で謝ったら、毅の手が伸びてきて頭をくしゃりと撫でられた。

「謝ることじゃない。君の心の準備ができたら見せてもらうから。おやすみ」

「はい。おやすみなさい」

愛おしむように髪を撫でられ、八重は丸くなって目を閉じた。

◇

すやすやと寝息を立て始めた八重の寝顔を見つめながら、毅は眉間に寄った皺を指で押す。

自分の部屋で寝ると言い出した彼女の気持ちは理解しているつもりだが、甘やかな初夜を過ごしたあとで、少し水を差されたような気分だった。

それに関しては、毅が背中に触れようとしたのが、いけなかったのかもしれないが。

褥に投げ出された八重の手を取って見ると、薄らとだが火傷の痕が残っていた。

毅に身体を見られたくない。八重がそう思うのは、きっと彼に拒絶されることに怯えているからだ。

ただでさえ、八重は十八の若い女性で、最も輝いている年頃だ。

その時期に一生消えない大きな傷を負った。ひどく傷ついただろうし、それこそ涙が涸れるほど泣いたに違いない。

だから、無理に肌を見せろと言うつもりはないが……正直、もっと毅を信じてほしかった。

毅は軍人だから、戦地へ赴いた際に目を覆いたくなるような怪我人と接したことがあるし、知り合いには大怪我を負って前線を退いた退役軍人もいる。見慣れていると言ってしまえば語弊があるかもしれないが、彼は傷など気にしないと八重に何度も伝えていて、実際に見たとしても、それを理由に拒むことは絶対にあり得なかった。

ただ、離れていた二年の間に、八重が過酷な治療を乗り越えて今を生きていることや、その火事で負った心の傷についても汲んでやりたい。

結局、側で見守るのが一番なのだろう。

華奢な手を持ち上げて火傷の痕を見つめていると、彼女がぎゅっと手を握ってきた。

「八重？」

もちろん返事はない。すっかり寝入った八重が一向に手を離してくれないから、添い寝をしてほしいのだなと勝手に解釈した毅は蒲団にもぐりこんだ。

細い身体を抱き寄せると、白い首に残る赤い歯形と鬱血痕が見えたので、毅は共寝を拒否された不満も籠めて、自分のものという証の歯形を一つ増やした。

伍ノ章　籠絡と発露

八重は鏡台の前で愕然とした。

「毅さんったら、また……」

襟を少し開くと白い首に薄らと歯形がついているのが見える。昨夜、閨を共にした時に噛まれたのだろう。

初夜も噛み痕をつけられ、それ以来、見える場所には歯形をつけないでほしいと言ってあるはずなのに、たまに聞き流されてしまうのだ。

とりあえず白粉を厚塗りして歯形を消していたら、志乃が様子を見に来てくれて、大切にしている蝶螺鈿の櫛で髪を梳かしながら英吉利《イギリス》結びにしてくれた。

「八重様は綺麗な髪をお持ちでございますね」

「褒めてくれてありがとう、志乃。最近は髪を短く切る女性もいるんでしょう。あれって、どうなのかしら」

「髪は女の命。断髪にせず、長く伸ばされたほうがよろしゅうございますよ。八重様にはそのほうがお似合いになりますわ」

姿見の前で、志乃とそんな会話をしながら身支度を整える。

「これでいいかしら。志乃、どこもおかしくはない？」

「ええ、よろしゅうございま……あら」

志乃が、はたと動きを止める。そして、さっと白粉を手に取り、首の横に塗ってくれた。

「毅様にも困ったものですね。もう少し考えて頂かなければ」

どうやら吸いつかれた痕が残っていたらしい。

したり顔の志乃がそれきり言及してこなかったから、顔を赤らめた八重はありがたく思いながら、そそくさと玄関で待つ毅のもとへ向かった。


毅と籍を入れてから一月《ひとつき》が経過して、季節はすっかり夏の盛りを迎えていた。

葛城家での生活にも慣れ始めて、離れに閉じこもっていた暮らしとは打って変わり、八重は人と接して外に出るようになった。

杉渓家の自室にあった大量の書物は葛城邸まで運んでもらい、相変わらず勉学にも勤しんでいるが、志乃に裁縫や葛城家の作法なども教わっていて充実した日々を送っている。

その日は、非番の毅に「気晴らしに出かけよう」と誘われ、久しぶりに浅草へ足を運んだ。

「浅草へ来るのは二年ぶりです」

「私も帝都へ戻ってからは足を運んでいないから、二年前に君と来たのが最後だよ」

二年の歳月が流れても浅草の通りは変わらず賑わっていた。色鮮やかなのぼりが揺れているのを横目に、浅草寺のほうへと歩いていく。

帝都でも人の多さが随一の浅草は華やかな反面、雑踏に紛れた掏摸が多く、柄の悪い無頼《ぶらい》漢《かん》が絡んでくることもあるため、あちこちに制服姿の警官が見受けられた。

八重が興味津々に周りを見渡していると、毅が手を引いてくる。

「八重さん。紫苑堂があるが、豆大福を買おうか？」

「はい！」

昔の癖で反射的に返事をしてしまい、八重は口元を押さえた。

「あ、つい……」

「君は相変わらずだな」

毅が笑って、混雑する人をかき分けるようにして紫苑堂まで連れていく。

大好物の豆大福と冷たい抹茶を頼んで、店先に置かれた椅子に座って食した。

「二年前を思い出しますね。あの時も、こうやって毅さんと豆大福を食べました」

「そうだったね。おや、もう食べ終わったのかな」

「はい。久しぶりに食べましたが、やっぱり美味しいです」

「私はまだ食べていないから半分あげよう」

二年前と同じく、毅が豆大福を器用に二つに割って、八重の手に乗せてくる。

咄嗟に受け取ってしまったが、このやり取りに覚えがあった八重は当惑した。

「毅さんって、そうやって私を甘やかそうとするところ、昔から変わりませんね」

「要らなかったら返してくれてもいいんだが」

「……食べます」

「素直でよろしい」

この会話も覚えがあった。全く同じ話をした気がする。

八重は毅がくれた半分の大福を頬張った。以前と変わらぬ求肥の柔らかさと餡子の甘さが、過去の記憶を連れてくる。

毅に連れられて活動写真を観て、浅草を歩き回った日のこと。

あの頃の二人は許嫁だったが、今は紆余曲折を経て夫婦になった。

大人と子供から、男と女として相手を意識するようになったものの、長いこと培ってきた関係性は根本的に変わることはない。

毅は何かと八重を甘やかそうとして、八重はそれを指摘しながらも、結局は彼に甘やかされてしまう。それが常だった。

「八重さん。訊きたいことがある」

「何ですか？」

「君は読書や学問に励んでいるようだけど、何か目的があるのかな」

抹茶を飲みながら、毅が質問を投げかけてきた。

そういえば、再会から祝言まで慌ただしくて、彼には説明していなかった。

「実は、やりたいことがあります。それに、学があって困ることはないでしょう」

「確かにそうだ。しかし、以前の君は学問が苦手だと言っていただろう」

「前はそうでしたね。そもそも私が勉学に勤しむようになったのは、入院中に櫻子から勧められたのがきっかけです。あの頃は自分の将来についてどう考えたらよいか分からなくて、あなたとの婚約も白紙に戻ると思っていたので、とにかく学を身につけようと思ったのです。もし嫁の貰い手がなくても、教師になれる可能性があるし、実家の手伝いもできるからと」

八重は抹茶の湯呑みを見下ろして、薄く笑んだ。

「昔はあんなに学問が苦手だったのに、改めて取り組んだら楽しかったんです。退院してからは、自宅療養であまり外出をしないようにとも言われていましたから、その間にたくさん書物を読みました。今は独逸語《ドイツ》や英語も読めるように学んでいます」

「なるほど。学を身につけて知識を得るのは、私もいいことだと思う。ちなみに君のやりたいことというのは、何なのかな」

「それは……もしお許しを頂けたらの話ですが、落ち着いた頃に実家の仕事を手伝ってみたいのです。実家の店では舶来品も取り扱っていますし、異国の会社と取引をすることもあるそうで、私も少しは役に立つかもしれません。確か、異国語のできる従業員が欲しいと、お兄様が零していたこともあったので。まずは、お父様を説得するところからですが……毅さん、どう思いますか？」

自分のやりたいことを、おそるおそる打ち明けてみたら、毅は考える素振りをした。

「うん……そうだな。いいんじゃないか」

「てっきり、家で大人しくしていろと言われるかと思いました」

「君は、昔からお転婆で外を駆け回っていただろう。家に閉じこもっているよりも、外に出たほうが生き生きとしそうだ。それに、今は女性も外へ働きに出るようになった。私はその風潮をよいものと捉えている」

だから、君も好きにしたらいい。そう付け足して、毅は抹茶の湯呑みに口をつけた。

女の役割は子を育てて家を守ること。外には働きに出ず、家庭に入るべきだと吹聴する男性が多い中、毅は理解のある夫だった。

八重は湯呑みを置いて毅の手を握る。はにかんで礼を言った。

「ありがとうございます」

「ふむ。ただし、家のことも疎かにしないでほしい。それを踏まえた上で、君が無理をしない範囲でという条件付きだよ」

「はい、毅さん」

「よろしい」

そこからは談笑しながら抹茶を頂き、再び浅草を歩き始めたのだが――。

「どうしよう……」

八重は途方に暮れていた。混雑する通りを見渡すが、毅の姿は見当たらない。

通りかかった活動写真館の前で、上演中の題目の張り紙に目を奪われて足を止めたのが間違いだった。

何げなく毅と手を離した隙に人ごみに紛れて、彼と逸れてしまったのだ。

「毅さん、どこかしら」

毅は長身だから人が多くても見つけやすい。きょろきょろとしながら捜していた時、見回りをしている警官たちの会話が耳に飛び込んできた。

「おい。昨夜の麹町の一件、聞いたか？」

「聞いた。火の不始末じゃないかって話になっているらしいな」

「しかし、こうも立て続けに起こるもんかね。麹町で別の長屋が燃えたのは、つい先日のことだぞ。もしかしたら放火じゃないかって、一部じゃ騒ぎになっているようだ」

「それはまた、きな臭い話だ。俺たちも捜査に駆り出されそうだな」

八重は立ち止まり、歩き去る警官たちの背中を見送る。

火の不始末。麹町で長屋が燃えた。麹町と言ったら葛城邸からもそう遠くない。

そういえば夜半に外が騒がしかった気がする。毅と夜を過ごし、早々に寝入ってしまったからうろ覚えではあるけれど、火事があったのだ。

八重は身を硬くして、火傷の痕が残る両手を握りしめた。二年前の惨劇を思い出しそうになり、それを打ち払うようにかぶりを振る。

気を取り直して身体の向きを変えた時、長身の男性とぶつかってしまった。

「あっ……」

濃い髭面で着流しの襟を大きく開いて着崩し、いかにも無頼漢といった出で立ちの男がじろりと睨み下ろしてくる。

「ぼんやりしてんじゃねぇ。気をつけろ」

「す、すみません。前を見ていなかったものですから」

絡まれる前に頭を下げて足早に去ろうとするが、男の身体で行く手を阻まれた。

男は八重の顔や身体をじろじろと眺め回し、にやりと笑う。

「ふーん……なぁ、あんた。さっきからこの辺りをうろうろしているよな」

「え……」

「もしかして、誰かと逸れたのか？　だったら、俺も一緒に捜してやるよ」

「いえ、大丈夫です。私はこれで……」

「待てよ。そう逃げるなって」

男が馴れ馴れしく肩を組んできたから、八重は眉をひそめた。近くの人に助けを求めようとするが、浅草の雑踏でのいざこざは日常茶飯事なためか、足を止める人はいない。

警官がいれば仲裁に入ってくれるはずなので、先ほど見かけた警官たちを捜すものの、運悪く見当たらなかった。

「離れてください。自分で捜せますし、お構いなく」

「まぁまぁ。俺が一緒に捜してやるから。とりあえず、近くの茶屋で話を聞いてやるよ」

茶屋――それは甘味処ではなく、女を連れこむ茶屋なのではないかと、八重は戦慄《せんりつ》した。

ぐいっと腕を引っ張られて、その力の強さに足がもつれた。振り払おうとしても男の腕はびくともしない。

毅に腕を引かれる時、こんなふうに力ずくで引きずられた経験は一度もなかった。細腕に指が食いこむほど強く握られたことも、もちろんない。

白昼堂々と嫌がる女性を連れて行こうとする男の所業に、さすがに見かねて立ち止まる人が増えてきた。

男は制止しようとする通りがかりの人に鋭く睨みを利かせながら、もがく八重の腕を捻り上げてぐいぐいと引っ張った。

「あっ、やめてください……ちょっと、誰かっ……毅さん……毅さんっ！」

とうとう声を張り上げて、助けを請うように彼の名を呼んだ時だった。

ごった返す人の群れの中から長身の人影が現れ、一直線に八重のもとまでやって来て、華奢な腕を捻る男の手を掴み上げた。

「毅さん……！」

現れた毅の顔には表情がなく、声も落ち着いているが、その眼差しは凍《い》てついていて怒りを宿していた。

「この手を離せ」

「なんだよ。てめぇは誰だ」

「彼女の夫だ」

彼は憤怒《ふんぬ》を殺した平坦な声で答えると、男の手を逆側に捻る。そのお蔭で、八重の腕が解放された。

「い、いたたっ……てめぇ、離しやがれ！」

手の関節を捻っているのか、男が悲鳴を上げる。

その隙に、八重は素早く毅の背後に回って、不安げに彼の袖を握りしめた。

毅がちらりと横目で八重を見下ろし、先ほどとは打って変わった柔らかい声で言った。

「八重さん。ここで少し待っていなさい」

「はい……毅さんは？」

「女性に乱暴を働こうとした暴行未遂として、この男を警察に突き出してくる。すぐに戻ってくるから、そこから一歩も動かないように」

そう言い残すと、毅は男の首に腕を回し、通りではなく路地のほうへと引きずっていく。

そちらに警察はいないのでは？

そう思ったけれど、

「大人しくしろ。騒ぐな」

毅の顔が笑っておらず、冷たい声で命令して、もがく男の頭を殴って路地に連行する様からも嚇怒《かくど》していることが感じられたので声をかけられなかった。

◇

浅草通りに軒を連ねる店の隙間には、細い路地がある。

毅は捕まえた男を路地の奥まで引きずっていき、通りから見えない位置で立ち止まると、突き飛ばすようにして解放した。

「なっ、何しやがんだよ、てめぇ！」

きつく捻られた手を振りながら、男が息巻いて怒鳴りつけてくる。その勢いで胸倉を掴まれても、毅は冷めた表情で男を見つめていた。

無言のまま空気も凍りつきそうな冷ややかな視線を向けていると、男がたじろぐ。

「澄ました顔しやがって、この優男がっ……ええい、何とか言ったらどうなんだよ！」

「黙れ。今、考えている」

「はぁ!?」

「お前みたいな下劣な輩は、ここで殴り殺すこともできるが、後始末が大変だ。そして、迷惑を被るのは私だからな。どうしたら手っ取り早く片を付けられるかと考えていた」

「つ、殴り殺すだと？　何を言ってやがんだ、そんなことできるわけがっ……」

毅が胸倉を掴む男の手を易々と引き剥がしたら、その腕力の強さに、気色《けしき》ばんでいた男がぎょっとする。

「なっ、てめぇ……」

「決めた。やはり死ぬ手前まで殴ろう」

「は……？」

「私が彼女から目を離したのも悪かったが、あのように悲鳴を上げさせておいて、そう簡単に解放されるとでも思ったのか。しかし、お前は運がいい。私は今、非常に虫の居所が悪いが、妻をそう待たせるわけにはいかないから、急所を何発か殴る程度で許そう。まぁ、死にかけるかもしれないがな」

「つ！」

何の感情も宿らぬ声で淡々と言うと、本気だと察したらしく、それまで威勢のよかった男の目に怯えの色が過ぎった。

毅は逃げ出そうとする男の腕を捕らえると、軍で大隊長として部下を叱責する時のような冷徹な声で言い放つ。

「歯を食いしばれ。意識が飛ぶぞ」

「ひ、ひぃっ……」

震え上がった男の悲鳴は直後に響き渡った打擲《ちょうちゃく》の音と、通りの喧騒でかき消された。

◇

「毅さん、大丈夫かしら」

絡んできた無頼漢を連れて行ったきり、なかなか毅が戻ってこない。

あれほど怒っている毅を見たのは初めてだったから、揉め事になっていないかと心配になってくる。

その場から動かぬようにと言われていたので、八重は背伸びをしたり、周囲を見渡したりと落ち着きなく毅の帰りを待っていたが、その様を訝《いぶか》しく思われたのか、通りすがりの書生に声をかけられた。

「何かお困りごとですか？」

「あっ……いえ、何でもありません」

またしても声をかけられたので、八重は慌てふためいて頭を下げた。

「人を待っているだけなのです。どうか、お気になさらず」

「そうでしたか。しかし、ここは人通りも多いですし、若いお嬢さんが一人でいると心細いでしょう。もしよければ、待ち人が来るまでは僕が……」

書生が愛想よく笑ってそう切り出した時、背後に人の気配がして、八重の肩を抱くように大きな手が置かれた。

「待たせて申し訳ない。八重さん」

「あ、毅さん。大丈夫でしたか？」

「ああ。ちゃんと警察に引き渡してきた。……私の妻に何か用ですか？」

「えっ、妻？」

毅の問いかけに目を白黒させた書生が、八重の顔をちらっと見て「何でもありません」と早口で言うと、小走りに去って行った。

その背を見送っていたら、毅が小声で何かを呟く。

「……油断も隙もない」

「何かおっしゃいましたか？」

「いや、何でもないよ。一人にして、すまなかった」

「それは大丈夫ですけれど……毅さん、その手はどうされたのですか？」

「あの男が暴れたものだから、少し揉み合って殴ったんだ。大したことはない」

「でも、血が滲んでいるじゃありませんか」

手の甲が赤く腫《は》れているのに、毅は何でもないことのように笑いながら、ひらひらと手を振って見せた。

八重は手提げの中からハンカチーフを取り出すと、手際よく毅の手に巻きつける。きゅっと縛ると、結び目が蝶の羽のようになった。

「応急処置です。帰ったら手当てをしましょう。それから、毅さん。私を助けてくださって、ありがとうございます」

殊勝に礼を言ったら、ハンカチーフの巻かれた左手を見つめていた毅が少し間をおいて、こう言った。

「私こそ君の側を離れてすまなかった。今日は帰ろうか」

「もう帰るのですか？」

「さぁ、行くよ」

「ちょっと、毅さん……」

「八重」

ぐいと手を引っ張られて戸惑いに声を上げたら、急に呼び捨てにされた。

そして、たった一言、

「来なさい」

そう命じるものだから、八重は口を噤んで頷くしかなかった。


障子の向こうで、チリン、チリンと風鈴の音が聞こえる。

八重は掠れた吐息を零しながら、藺草《いぐさ》の香りがする畳に爪を立てた。

「あぁっ……」

ぺたんと座りこむようにして畳に突っ伏す八重の背中には縠が覆いかぶさっていて、うなじに熱い息を吹きかけてくる。

「はぁ……八重……」

着物の裾は捲られて臀部が露わになり、その中心には太い逸物が埋められていた。

後ろから身体を抱えこまれて腰をずんずんと突き上げられると、硬い切っ先が気持ちのいい場所に当たった。

「んっ、んっ……あ、あ、あぁ……」

切なげに嬌声を上げながら、八重は目を閉じた。

家に着いた途端、毅に部屋へと連れて行かれ、それからずっと抱かれている。

部屋の周りは人払いされており、襖と障子が閉めきられた部屋は外の明るさが直接入ってこないため、夕暮れ時のように薄暗かった。夏の蒸し暑さに加えて情事の噎《む》せ返るような空気が室内には立ちこめていて、八重は新鮮な空気を欲するように喘いだ。

真っ昼間から蒲団も敷かずに畳の上で睦み合っているという事実にも羞恥がこみ上げるが、毅は恥ずかしがる暇《いとま》を与えず、後ろから責め立てるように腰を揺すってくる。

「毅さん……あぁ、はっ……はぁっ……」

襟が開いて露出した乳房を、毅の手が包みこんだ。桜色の乳輪から尖る先端までを優しく摘まれて、微弱な刺激を与えられた。

「んーっ……はぁ、あ……」

「八重……」

心地よさげに嘆息している毅は雄芯を蜜壺に埋めて前後に動かしているものの、けして激しい動きではない。

火種に点火し、じわじわと焔が大きくなっていくのを待つような、緩やかで執拗な出し入れの動きは官能的な熱を育てていく。

毅が八重のうなじに鼻をこすりつけて甘噛みした。そのうち後ろ襟を引いて、細い肩から背中まで着物を引き下ろそうとするから、八重は身を捩って嫌がった。

「やっ……だめ、ですっ……」

「まだ、だめなのか……君の身体が見たいのに」

その肌を、早く余すところなく見せてくれ。そう囁かれながら奥をつつかれた。

八重は身震いして、首を横に振る。

「……だめ、っ……まだ……あぁっ……！」

剛直で内壁をこすられるのと同時に秘玉をころころと弄られ、法悦の兆しを感じ取った八重は嬌声を上げてひどく乱れた。

深く結合した部分がぐちゅぐちゅと音を立てて、蜜液が溢れ出す。

「はぁ、はっ、ああ……」

「そろそろか……？」

「あぁ、あ……ンンッ、ふっ……はっ……もうっ……」

「八重……教えた通りに、言いなさい」

「毅さんっ、あぁ、熱いっ……んっ……」

「早く、ほら」

この一月、毎夜のごとく抱かれてきた若々しく初心な肉体は、十六も年上の男の手によって躾けられ、情事の果てにある悦楽の味を教えこまれていた。

「……毅さんっ……いって、しまいそう、ですっ……」

「ああ……それで？」

「あ……あなた、と……一緒に……いき、たいっ……」

はぁはぁと、荒い呼吸をしながら、八重は教えられた通りの台詞を口にした。

一緒にいきたい、いかせてくれと懇願する彼女のうなじを吸い上げて、毅が動きを速める。

どこへも逃げられないよう背中に乗って押さえつけながら、小刻みに男根で突いてきた。

「はっ……は、っ……八重っ……」

「んん、あぁあ、あーっ……」

限界に脈打つ雄芯の先端が最奥を貫き、どぷどぷっと白濁液を注がれる。胎の中で子種がじわりと染みわたり、それを馴染ませるように彼が緩慢に腰を揺さぶった。

八重が四肢に力が入らず身を投げ出していると、のしかかっていた毅が退いて、そっと抱き起こされた。丁寧に身体を拭いてもらいながら余韻でぼんやりとしていたら、身なりを整えた毅が庭に面した障子を開け放つ。

途端、爽やかな風と清涼な空気が頬を掠めた。真っ青な空の向こうには、たくさんのわたしが集まってできたような雲の峰が見える。

軒先にぶら下げられた風鈴の音が、障子越しに聞くよりも明瞭に響いた。

火照った肌が冷めやらぬ間に、八重は胡坐をかいた毅の膝へと横向きで乗せられ、顎を持ち上げられてねっとりと口を吸われる。

指で弄られた。

だるい腕を毅の首に巻きつければ太腿を撫でられ、先ほどまで彼を受け入れていた足の間を指で弄られた。

「ん……んっ……」

「あ、うっ……ちょっと、待って、ください」

そんなふうに触られると、また身体が熱くなってしまう。

八重が火照った顔を右手で隠しながら、厚みのある肩に額をぐりぐりと押しつけると、毅が彼女の髪に頬ずりをしながら色っぽく笑みを浮かべる。

「分かった。少し待つよ」

流し目を送ってきた毅は指を抜いてくれたが、肌を撫でたりして悪戯は中断せず、八重が恥ずかしいやら気持ちいいやらで百面相する様子を楽しげに眺めている。

「毅さん、あの……」

「ん？」

「手は、もう、痛くないのですか？」

毅の左手は応急処置のハンカチーフが巻かれたままで、彼が動くと結び目の蝶が揺れた。

「この程度なら痛くない。殴る時はきちんと力も加減したし、仕事に支障が出るといけないから利き手も使わなかった。放っておけば治る」

「そう、なのですか……もう、怒っていらっしゃらないのですね」

「私は別に怒っていないが」

「私を助けてくださった直後は、怒っていたでしょう。怖い顔をして、冷たい声でした。あんな毅さん、初めて見て……んっ」

戯れるように乳房を撫でられ、八重はさりげなく払いのける。急いで襟をかき合わせたら、またしても裾の中へと毅の手が滑りこんできた。

「あの時は、君の悲鳴を聞いて駆けつけたら、あの男に腕を掴まれて連れて行かれそうになっていたから頭に血が上ったんだ。しかし、今は落ち着いているよ」

「怒っているから、私を家に連れ帰ったのかと思いました」

「連れ帰ったのは、君に言い寄ろうとする輩が……いや、何でもない」

毅が途中で言葉を切ってしまった。続きを待つが、それきり彼が何も言わないので、八重はため息交じりに話を変える。

「鬼の大隊長と呼ばれる時は、怒っていらっしゃった時のような感じなのですか？」

「職務中は、あまり怒らないようにしているから少し違うな。しかし、その呼び名はいささか不本意だよ。私は声を荒らげたりもしないし、部下に手を上げることもしないはずだが」

会話の最中に、またしても足の間を弄られそうになり、八重は毅の膝の上にいるべきではないと判断して横へ逃げようとする。しかれども、今度は腰に腕が巻きついてきて後ろから抱きこまれた。

「どこへ行くつもりかな」

「どこへも行きません。ただ、あちこち触らないでほしいのです」

「ふむ」

「ふむ、ではなく……毅さんっ」

「分かったから、大人しくしていなさい」

いともたやすく八重を捕まえた毅は、しぶとく抗おうとする彼女を抱えて座り直し、肩に顎を乗せながら背後から身体をがっちりと固定した。

憮然とする八重と相反して、彼女を抱きかかえた毅は涼しい顔をしていた。

何かと一枚上手の夫から逃げるのは不可能だと悟り、潔く諦めた八重は腕組みをする。

「先ほどの話の続きをしましょう。鬼の大隊長。その所以《ゆえん》は何となく理解しました。毅さん、たまに怖い時がありますもの」

「そうかな。君には優しく接しているつもりだが」

「私の前では優しいです。ただ、ふとした時に見かける表情だとか……以前、ハンカチーフを落とした女性を見ていた毅さんの顔は、少し怖かったです」

「もう覚えていない。どうでもいい女のことだから、忘れてしまった」

毅が声を小さくさせて八重の頬に口づけると、着物越しに身体を触り始めた。睦み合いを再開するつもりらしい。

このままだと話を誤魔化されてしまう。

そう察した八重は、腰に巻きついた毅の腕に触れながら躊躇いがちに切り出す。

「ねぇ、毅さん。あなたは、どうして女性が嫌いになったのですか？」

刹那、ぴくり、と毅の肩が揺れた。急に背後が静かになり、ふわふわとして甘さを孕んでいた空気もぴりっと引き締まる。

これは失言だ。以前、どこかで同じような感覚を味わったことがある。

おそらく十六の時分に、どうして今まで結婚しなかったのかと問うた時だったと思う。

だが、八重はあえて質問を撤回せずに毅の腕をぽんぽんと軽く叩いた。

「義理のお母様と、何かあったのですよね。でも、何があったのかは知らないので……言いたくないのならばいいのです。話したくないことは誰にでもあると思いますし」

彼女も、未だに傷痕を見せることができていないから。

八重は肩越しに毅を見る。彼は明らかに気乗りしていない表情だった。

「気分が悪くなるような話だ。君は聞かないほうがいい」

「……それでも聞きたいと言ったら、話してくれますか？」

八重は身体の向きを変えて毅の目を覗きこんだ。じっと見つめてみたら、いつも目が合うたびに笑いかけてくれるはずの彼が、すっと視線を逸らす。

青空に浮かんだ雲が気ままな速度で移動して、空の端へと消えて見えなくなった頃、毅が口を開いた。

「――十四の頃、義理の母親に関係を迫られた」

重々しく告げられた言葉に、八重は息を呑んで瞠目する。

「父が後妻として連れてきたその女は、まだ二十代で若く美しい見目をしていた。その女は私と弟の恒に、自分を母と呼んでいいと言った。私も実母を亡くしてから甘える相手がおらず、義母として慕い始めたが……ある日、その女は豹変した」

毅が尊いものに触れるように八重の頬を撫でてから、その視線を青い空へと向けた。

チリン、チリン。夏の風に揺られて風鈴が涼やかな音色を立てた。

◆◇◆◇◆

その事件が起きたのは夏の手前、まだ梅雨の時期だった。

外では篠突く雨が降っていて、朝からじめじめとした湿気と肌にぬめつくような淀んだ空気が葛城邸を満たしていた。

邸宅の奥座敷、人けのないその場所へと当時十四歳だった毅は義母に呼び出された。

「義母上《ははうえ》。私に御用とは何ですか？」

そこで待っていた義母は、どこか虚《うつ》ろな目をして座敷の隅に座っていた。

しかし、毅が来たことに気づくと、義母――冴子は嬉々として目を輝かせた。

「毅、よく来てくれたわね。さぁ、こちらへいらっしゃい」

「？」

毅は、何も知らなかったのだ。

実母の愛を早くに失い、厳しい軍人の父のもとで育てられた彼には甘える相手がいなかったから、まだ幼い弟と共に優しい義母ができたことを、ただ純粋に喜んでいた。

閉めきられた奥座敷の中、深淵の底から鎌首をもたげた白蛇のような手つきで、義母がおいでおいでと手招くままに近づいていき、そうして彼女のもとへ辿り着いてしまった。

「あぁ、毅……」

不意に伸びてきた白い腕に搦め捕られて毅はたたらを踏み、そのまま不意を衝かれて畳に押し倒された。

わけも分からず仰向けで転がった毅の上に、冴子が着物の襟を大きく広げて豊満な肉体をさらしながらのしかかってきた。

「義母上！　何をされるのですか……！」

「お黙りなさいな、毅。あなたは私の言う通りにしていればいいの」

媚びを売るような猫なで声と、甘えるような目。

これは何なんだと、毅は狼狽した。ひどく気味が悪く、激しい不快感がこみ上げる。

「大丈夫、恐ろしくないわ。これはね、とっても気持ちがいいことなの」

冴子が毅の帯を解き、白い手をするりと中に滑りこませてくる。

意図を持って素肌を撫で始める指に吐き気をもよおす嫌悪感に襲われて、毅は魚《うお》のようにびくんと跳ねた。

毅の実母が他界したあと、冴子は葛城家当主である貞が知人に良家の娘だと紹介されて迎えた若い後妻だった。

冴子は二十代で器量がよく、いつも愛想よく笑っていて、軍務に忙しい父を支えて寄り添う女性だった——少なくとも毅はそんな印象を抱いていたが、いま呼吸を荒くしながら毅を犯そうとしている義母は、欲望に目をぎらつかせた浅ましい〝女〟の顔をしていた。

まるで別人のような冴子の変貌ぶりに、毅の背筋には怖気《おぞけ》が走り抜けた。

突然の出来事に何が起きているのか理解も及ばず、毅は嘔吐感を堪えながら絡みついてくる冴子の手を振りほどこうとした。

だが、その時、義母が下半身をまさぐってきたので、毅は再び凍りつく。

「うっ……何を、するんだ……」

「ああ、毅……これから、お義母様が気持ちいいことをたくさん教えてあげるわ。だから、じっとしていなさい」

「……やめろ……っ」

冴子は大人のそれと比べたら小さく、未発達な少年の逸物を握ってうっとりと目を細めた。

まだ筋肉のついていない薄い胸、細い腰や太腿……身体中に這いずり回る義母の手は、あたかも抵抗できない獲物を吟味して舐め回す蛇の舌のようで、毅はあまりの気分の悪さに顔面蒼白になった。

「っ……いや、だ……！」

冴子はだらしなく海に浮かぶ水母《くらげ》のような乳房を毅に押しつけ、勝手に感じた声を上げている。

発情し、媚びを売る毒婦。義理の息子にさえ手を出す気色の悪い〝女〟――。

これは、なんて醜悪で気持ちの悪い生き物なんだ。

十四歳。まだ多感な年齢で、いささか潔癖な性質でもあった毅は、その瞬間、身を捩るようにして胃の内容物を吐き出していた。

「う、ぐうっ……げほっ……ごほっ……」

「毅……？」

冴子の戸惑う声が座敷の中に響いた時、閉めきられた障子の向こうからパタパタと足音が聞こえた。

『兄上〜！　志乃が柿を剥いてくれました！　一緒に食べませんか！　……あれ、いないのかな。今日は部屋で読書をするって言っていたのに、どこへ行ったんだろう』

弟の恒の声だった。買い物へ行く志乃に連れられて出かけていたはずだが、帰ってきたのだろう。

冴子の動きが鈍った隙を見逃さず、口元を拭った毅は渾身の力で義母を突き飛ばした。

「それ以上、触るなっ！　気色が悪いっ……！」

「ああ、毅っ……待って……！」

こちらを見る冴子の眼差しには熱が籠もり、媚びを売るような甘い声色からも〝女〟を感じた毅は、またしても吐きそうになる。

若く美しい義理の母。初めて顔を合わせた時に「私のことは本当の母親のように思ってくれていいのよ」と、声をかけてくれたというのに——本当に同じ人物なのか？

薄暗い室内に浮かび上がる義母の白い裸体が、ひたすら肉欲を求める醜悪な肉塊のように思えてきて、毅は耐えきれずに両手で口を押さえた。

「う、うっ……ぐっ……」

『兄上？』

毅は再び胃の腑からこみ上げてくる吐き気で呻《うめ》き声を上げる。それを聞きつけたのか、恒が座敷の前で足を止めた。

障子が開き、無邪気な笑みを浮かべた恒の顔を見た瞬間、限界を迎えた毅はきょとんとする弟を押しのけながら廊下に飛び出した。

そのまま庭に走り出て、ざあざあと降りしきる雨の中、毅は前屈みになってぬかるんだ地面に吐瀉物《としゃぶつ》をぶちまけた。


その日の夜。仕事から帰ってきた貞は、冴子が息子に何をしたのかを知ると、すぐさま冴子の素行調査をやり直して離縁の手続きを取った。

そして明らかになった事実は、若く美しい後妻――冴子は恋をした使用人の男に手ひどく裏切られてからというもの、精神に異常をきたして別人のようになり、とっかえひっかえ男を捕まえて情事に誘っていたということだった。

そのため親族の中では疎まれており、葛城家との婚姻の話が持ち上がるとすぐ嫁に出されたのである。

全てを知ったのは、離縁の手続きが終わったあとのことだった。

葛城家は名の知れた家柄であり、貞も軍の中では要職に就いていたから、籍を入れる前に必ず相手方の素行調査をする。

冴子とて例外ではなかったが、彼女の実家は政治家とも繋がりがある有名な資産家で、莫大な金の力を使って娘の醜聞《しゅうぶん》を揉み消していたらしい。

その上、腫れ物扱いをされていた冴子は屋敷から出されることはほとんどなく、社交場にも顔を出さずにいたため深窓の令嬢と思われていたのだとか。

本人も表向きは淑やかな女性としてふるまっており、常人と変わらぬ様に見えるから貞も彼女の異常さに気づかなかったのだ。

しかし後になってみれば、冴子が何度も屋敷を抜け出して男狂いの生活をしていたことが明らかになった。嫁ぎ先で貞との夜の営みに満足できなかった冴子は、まだ十四歳でありながら端整な容姿を持っていた毅に狙いを定めたのである。

義理の息子にまで手を出そうとした淫奔《いんぽん》で恥知らずな女。

その汚名を背負って実家に戻された冴子は、その後、精神科の医師の治療を受けることになった。

それから数年も経たないうちに精神の病が重篤なものとなり、冴子は精神病院に入院したものの、父も母も分からなくなり、その果てに自分の命を絶ったそうだ。

この一連の出来事は関係者以外には伏せられて、貞も二度と後妻を娶ることはなかった。

そして、毅は——義母に犯されかけた記憶が心に深く根を張り、女性に触れようとすると激しい嫌悪感に苛まれるようになった。

これ以降、深刻な女性不信に陥った毅は、二十歳を越えても父が持ってきた見合い話を拒絶し続けて、二十四歳で八重に出会うまでは女性を近づけさせなかった。

◆◇◆◇◆

忌まわしい過去の出来事を語り終えた毅は深く息を吐いた。

「これが、私が女性を嫌いになった理由だよ」

今になって思えば、当時の毅は気づかなかっただけで、いつも愛想よく笑って父の側に寄り添っていた冴子は父に媚びを売っていて、毅が時折感じていた冴子からの視線も〝女〟のそれだった。

時たま魂を抜かれたような虚ろな目で外を見ていることもあり、そういう時は受け答えも少しおかしかったので、本当に頭がどうかしていた女だったのだろう。

だが、その冴子の存在が毅の心に深い瑕を残した。

狡猾で、ふしだらで、恥知らずな気持ちの悪い生き物。それが〝女〟というものだと。

あの時に抱いた計り知れない嫌悪感は、今も尚、毅の心に巣食っている。

「気分が悪くなるような話だっただろう」

逸らされることのない八重の眼差しから、毅は逃げるように顔を背けた。

「義母に関係を迫られ、男として女性に触れられなくなったなど、それこそ安っぽくて低俗な三文小説のような内容だ。たかがその程度の出来事をずっと引きずっていて、私は本当に情けない男だ」

毅が自嘲気味に吐き出した時、八重の両手が伸びてきて彼の頬を挟んだ。そのまま、彼女のほうへと顔を向けさせられる。

すぐそこ、少し身を乗り出せば唇が触れ合いそうな距離に八重の顔があった。

「そんな言い方しないでください」

彼女の唇から放たれた言葉は、叱りつけるような口調だった。

「毅さんがどうして女性を嫌いになったのか、ようやく理解しました。義理の母親が、まだ十四歳だったあなたに酷い仕打ちをしたのは許せないし、今その人が目の前にいたら、なんて真似をしてくれたんだと、私が思いっきり平手打ちをしていました」

「っ……」

「でも、そんな言い方しちゃいけません。たかがその程度の出来事、なんて……私は毅さんを情けないとは思わないし、全部その義理の母親が悪いと思います。毅さんは一方的に傷つけられただけです」

八重は瞠目する毅の頬を両側から軽く抓ったあとで抱擁してくる。

「そんなつらい出来事があったなんて知りませんでした。軽々しく聞いて、ごめんなさい」

君が謝ることなんてない。私が聞いてほしかったから話しただけだ。

それを声には出さずに顔を歪めた毅は、八重の背に腕を回した。力を入れたら呆気なくぽきりと折れそうな細い首に顔を埋めていると、彼女の手がそっと頭に乗せられる。

「毅さん、私よりもずっと年上で大人だから、私がこんなことを言ったら生意気って思うかもしれませんが」

毅が幼い八重によくやってあげていたように、よしよしと髪を撫でられた。

「もし、いま十四歳のあなたに会えたら、こうして抱擁してあげたかったです。そんな出来事が起こる前に、私が守ってあげたかった」

「君が、私を守る？」

「だって、十四歳の毅さん相手なら、私のほうが四つも年上じゃないですか」

「そう、だな……確かに、君のほうが年上だが」

「それに、私は毅さんの妻ですから。夫を守るのは当然でしょう」

「普通は逆だろう。夫が妻を守るものだよ」

「妻が夫を守ってもいいはずです」

いつも通りの軽快で他愛ないやり取りをしながら髪を撫でられているうちに、毅の肩から力が抜けていく。ほう、と息を吐いた。

かつて、毅に見守られながらお転婆に駆け回っていた八重は、毅の妻となった。

彼の過去も、それによって負った心の瑕も受け止めて、こうして寄り添ってくれる。

妻というものはよいものだな。

毅はそう実感しながら、腕の中にいる八重をぎゅっと抱きしめた。

人生に伴侶《はんりょ》など不要だと思っていた。誰かと添い遂げるということも煩《わずら》わしくて、異性との間には高い壁を作り続けていた。

十年前のあの日、彼女と出会うまでは——。

「君に会えて、よかった」

心の底から絞り出すように告げたら、彼女も同じくらい強く抱き返してくれた。

「私の台詞です。あなたに会えてよかった」

また、よしよしと、十六も年下の妻が幼子をあやすような手つきで頭を撫でてくるものだから、毅はふっと頬を緩めて、それから……彼女の肩に顔を押しつける。

「毅さん？」

「…………」

「どうか、なされたの……」

八重が何かに気づいたのか、途中で言葉を切った。そして、ことさら優しく彼を抱擁しながらこつんと頭を当ててきた。

それきり八重が口を開くことはなく、声を漏らさずに肩を震わせる毅の頭を撫でていた。

その手を感じていたら、ふと時が巻き戻ったかのような感覚を抱いた。

父が亡くなった日、桜の木の下で涙を流す八重を抱きしめた時のことが、何故か鮮明に蘇《よみがえ》ってきて、毅は懐古の念に満たされながら彼女の抱擁に身を委ねた。

チリン、チリン。寄り添う夫婦を見守るように風鈴が揺れていた。

◇

夏が緩やかに過ぎていき、街の木々が少しずつ紅や山吹色に色づき始めていた。

道を歩くとどこからか金木犀《きんもくせい》の香りが漂ってくるような、秋の始めの、とある日のこと。

毅が珍しく仕事から早めに帰宅し、志乃が淹《い》れてくれた茶を飲みながら夫婦水入らずで寛いでいた時、来客があった。

時刻はすでに太陽が西に傾き始めた七つ下がりの頃で、恒の妻、美佐子が葛城邸を訪ねてきたのだ。

八重が玄関先で出迎えると、美佐子は腕に風呂敷を抱えていた。

「美佐子さん。どうされたのですか？」

「八重さん。お願いがあって参りました。少しの間、清を預かって頂けませんか」

「何かあったのですか？」

「実は夫から急ぎの連絡があり、職場に届けなくてはならないものがあるのです。夫の職場は銀行ですし、幼い清は連れて行けません。ただ、もうすぐ日が暮れて通いの女中も帰宅してしまいますので、清を一人で家に置いていくわけにはいかず、こちらにお伺いしました」

「そういうことでしたか。構いませんよ。美佐子さんが帰ってくるまでお預かりします」

恒と美佐子が住む別邸は、本宅から程近い場所にある。美佐子が帰ってくるまで清を預かるぶんには問題ない。

その時、美佐子の後ろに隠れていた清が顔を出した。

「清、こっちにおいで。お母様が帰ってくるまで、このお家で一緒に待っていましょう」

「行きなさい、清」

「うん、わかった」

四歳の清は、母の言いつけに大人しく頷いて八重のもとにやってくる。

「それでは、急いで行って参ります」

「いってらっしゃい」

清と共に美佐子を見送っていたら、玄関先で話しこんでいたためか毅が様子を見に来た。

「八重さん。美佐子さんが来ていたんだろう。どこへ出かけたんだ」

「恒さんに届けものがあるそうで急いで行かれました。美佐子さんが帰ってくるまで、清を預かることになりましたよ」

八重は抱っこをねだるように両手を伸ばす清を抱き上げ、居間へ向かった。

毅が袖に両手を入れながら後をついてくる。

「だいぶ重くなったわね、清。身長も伸びたみたい」

「うん。僕、おおきくなったよ。でも、父上はもっと食べておおきくなれ、って」

「ふふ。そうね。お父様の言う通り、もっと大きくならないとね」

居間に着いても、清は八重から離れようとはせず、ちらちらと毅のほうを見ている。

毅はというと、清の世話を八重に任せて胡坐をかきながら新聞を読み始めたが、甥っ子の視線に気づいたらしく顔を上げた。

毅と目が合うなり、清はびくっと身を強張らせて八重の背後に隠れてしまう。

普段、葛城邸に遊びに来ることがあっても、清は毅に近づこうとしない。

毅は長身で体格がよく、軍服を着ていることもあるので、おそらく四歳の幼子に畏怖《いふ》の念を抱かせるのだろう。

「清は、毅さんのことが苦手なのかしら」

「……清」

毅に呼ばれて、清がおそるおそる八重の陰から顔を覗かせた。彼女の袖を握りしめて伯父の様子を窺っている姿からは怯えよりも興味の色を感じ取れたので、八重はくすりと笑いながら清と向き直る。

「伯父様が呼んでいるわよ。さぁ、怖くないから行ってらっしゃい」

「あっ……」

その場に立たせて、清の背中をとんっと押してあげたら、すかさず毅が手招いた。

「清、こっちに来なさい」

「……はい……伯父上」

清が近づいていくと、毅が膝を叩いて此処に座れと示す。

おずおずと膝に座る甥っ子を確認してから、毅は何事もなかった様子で新聞を開いた。

すると、清が目をぱちぱちとさせて、真上にある毅の顔をじっと見つめた。

毅が澄まし顔で気づかぬふりをしていたら、どうやら伯父は怖くないと分かったらしく清が口を開く。

「伯父上は、ぐんじん？」

「ああ。私は軍人だ」

「ふーん……あのね、僕ね、ぐんじんになりたいんだ」

「そうなのか？」

「うん。伯父上があるくところも、きているものも、かっこいい！」

いつしか目を輝かせている甥っ子に、毅は新聞を閉じてにっこりと笑った。

「そうか。ならば、お前も軍人になりなさい」

「うん！　伯父上みたいな、ぐんじんになるよ」

あっという間に意気投合する伯父と甥のやり取りに、八重は笑みを浮かべながら席を外して志乃と共に菓子とお茶の支度を始めた。

先ほどまでひっきりなしに喋り通しだった清が、ぷつんと糸が切れたように毅の膝の上でうとうとし始めた。

毅が寝やすいようにと抱き直しているのを見て、繕い物をしていた八重は淡く笑んだ。

幼い甥を腕に抱いて優しい眼差しで見下ろす毅は、ともすれば我が子を慈しむ父親のように見える。

もしも、自分たちが子供を授かったら、毅はあんなふうに息子や娘を抱きながら優しい表情をするのだろうか。

その光景を思い浮かべただけで、八重の胸は幸福な気持ちに満たされる。

彼女の視線を感じたのか、毅が顔を上げた。

「八重さん。こちらにおいで」

八重は繕い物の手を止めると、彼に手招かれるまま移動した。傍らに座ったら、頭を撫でられる。

「いきなり、どうされたのですか？」

「君がずっと見ていたから、てっきり構ってほしいのかと」

「違います。なんだか親子みたいだなと思って、微笑ましい気持ちになっていたのです」

とんだ勘違いである。八重が立腹したように腕組みをしたら、毅が「私の勘違いだったな」と言って笑い、こくりこくりと船を漕いでいる清に視線を落とした。

「親子のように見えるのか」

「ええ」

「……うん、そうか」

毅が噛み締めるように呟いて、八重に目線を戻した。そして、何か言いたげに口を開いたが、すぐに閉じてしまった。

「毅さん？」

「いや……こんなことを言うのは、何とも気恥ずかしいんだが……」

珍しく言い淀んで顔を背けた毅が、小首を傾げる八重を一瞥し、小声で言う。

「私たちも、早く子供が欲しい」

思いがけない台詞に、八重は目を丸くした。含みのある視線を送られるものだから、しばしの間をおいて彼女は頬を鮮やかな椿色に染める。

「……そう、ですね」

相槌もしどろもどろになってしまう。小恥ずかしさに視線の行き場を失くしていたら、毅の手が頬をするりと撫でて、そのままうなじへと滑らされた。

「毅さ……」

「しーっ。清が起きる」

意味ありげな手つきでうなじを触られ、そこから後頭部を固定される。毅の顔がゆっくりと近づいてきた。

祝言を挙げてから、毅とは数えきれぬほど接吻を交わしていた。

しかし、いつまで経っても慣れることはなく、常に鼓動が早鐘を打っていた。

八重は思わず顔を逸らそうとするものの、後頭部を支えられているせいでままならない。

やがて、毅の吐息が顔に降りかかり、口を吸われる……と、思った時だった。

「うーんっ……」

清の唸るような声が聞こえて、あと少しで重なり合いそうになった二人の顔の隙間に小さな手が出現し、ぺちんと毅の頬を叩いた。

「っ！」

「あっ……」

「……僕、おなかがすいたよ」

伸びをした清が欠伸をしながら、何か食べさせてくれとねだってくる。

思わぬところで邪魔が入って呆気に取られていた八重は、怒るに怒れず渋い表情をしながら身を引く毅と、悪気のない清を見比べて、小さく噴き出した。

顔を伏せてくすくすと笑っていたら額を小突かれる。

「八重さん。そんなに笑わないでくれ」

「すみません……だって、あそこで清が起きるとは思わなかったのです」

「伯母上、ごはんがたべたい」

「分かったから、少しばかり待っていてね。毅さん、厨で夕餉の支度を手伝ってきますね。清をお願いします」

「ああ。……八重さん」

「はい」

「先ほどの続きは、今宵《こよい》の閨で」

毅が唇の前で人差し指を立てながら、大人の色香を存分に含ませた流し目を送ってくる。

八重は即答できず、伏し目がちに細い返事をしてから、あたふたと厨へ向かった。


夕餉をたらふく胃袋に納めた清は、迎えに来た両親に連れられて帰っていった。

湯浴みを終えた八重は夫の寝所を訪ねたが、蒲団の上で彼が手にしているものを見て怪訝そうに首を傾げる。

「毅さん。それは何に使うのですか？」

毅の手には着物の腰紐があった。彼は思案顔をしながら紐を手慰みのように伸ばしたり、結んだりしていたが、

「やってみたいことがある」

そう言って八重の背後に回ると、浴衣の襟を大きく開かせた。

「っ……」

「今宵はいつもと違うやり方で睦み合ってみようか。じっとしていなさい」

両手を後ろで固定されて腰紐が上半身に巻きつけられていく。数本の帯を用いて、毅は八重の両手首を拘束し、浴衣の上から肩の辺りと鳩尾で、上下から乳房を挟むようにして紐をぐるぐると巻きつけた。

ぎゅっと縛られると身体が拘束され、背後に回した両手も動かなくなる。

上半身の自由が利かなくなり、しかも紐のせいで浴衣から露出した乳房を突き出すような格好になっていて、八重は目を白黒させた。

「痛くはないかな」

「ええ……でも、毅さん。これは、さすがに……」

毅が身を屈めて乳房に吸いついてきたので、彼女は言いかけた言葉を呑みこんだ。

「んっ、は……」

彼は縛られた八重が戸惑いを見せても意に介さず、露わになった白い乳房にしゃぶりついて愛撫を始める。

毅の頭が動いているのを見下ろしながら、八重は手を動かそうとするが、わずかに指先が動くのみだった。そうして抵抗できない状態のまま毅に乳房を舐められていると、徐々に下腹部が熱くなってきた。

それが、今や馴染みのある感覚だったので八重は狼狽した。縛られて自由が利かないというのに〝濡れる〟などとは、ひどくはしたない気がして、赤らんだ顔を伏せる。

だが、毅の舌がねっとりと乳頭に絡みつき、淫らに転がされると声が出そうになった。

「ンンッ、ふ……う……」

夜陰の中でも発光しそうなほど色白の乳房を優しく揉られ、淡い頂を指でくりくりと摘ままれる。またしても声を上げそうになって、八重は必死に堪えた。

毅は一言も喋らず、静かな眼差しで彼女の様子をつぶさに観察している。

「……うっ、ん……は……」

痛みを与えぬよう適度に力の加減がされた繊細な刺激を与えられ続けていると、お腹の奥で生じた熱が徐々に大きくなっていった。

毅の舌が桃色の乳頭を淫らに舐めているのを見て、八重はごくりと喉を鳴らす。

こんな格好をさせられて嫌なはずなのに、ひどく身体が火照る……もしかして、気持ちがいいと感じているの？

抵抗を封じられているせいか全身の神経が研ぎ澄まされて、彼の動きに集中している。

食い入るように毅を見つめていたら、つんと尖った乳頭をしゃぶっていた彼と目が合った。

しかし、毅はふいと視線を逸らして愛撫を続ける。

「ん、ふぅ……はぁ……あ……」

少しずつ声を殺すのが難しくなってきた。呼吸も乱れてきて、肉体の変化に動揺した八重は嫌がるように身を捩る。

「っ、もう、やめてください……」

制止しようと両手を突き出したくとも、後ろで縛られていてびくともしない。

「毅さん、これを解いてください」

「いや、まだだよ」

「そんな、どうしてっ……」

八重が反論しようとした時、毅の手が浴衣の裾を割って太腿を撫で上げた。足の間を覆う茂みをかき分けて、今は触れてほしくない場所を暴かれる。

「八重。どうして、こんなに濡れているのかな」

「それ、は……」

媚肉を指でさすられ、ひくついた秘裂を指でなぞられると、くちゅりと濡れた音がした。

「まだ触ってもいないのに、これほどに溢れて」

「っ、あぁ……」

意地悪げに耳元で囁かれ、八重の腹の奥がきゅんっと締まる。とぷりと溢れた愛液を指で掬い取られて、それを秘玉に塗りこむようにこすられた。

「んっ、んっ、あぁっ……」

「ここも、こんなに赤く腫れさせて。なんて、はしたない」

「っ、や……はぁっ、はっ……そんな、こと……」

八重は、そんなことはない、と言いかけた唇を引き結んだ。

この状況で、彼女の身体がはしたなく濡れて、ひどく感じてしまっているのは事実だった。

茹で蛸のごとく耳の先まで真っ赤になって口ごもっていると、毅が身を引いた。彼は八重の身体の向きを変えさせて、そっと肩を押す。

八重は身体を支えきれずに蒲団に倒れこんだ。柔らかい枕に頭を受け止められ、ほっと胸を撫で下ろしたのも束の間、後ろから腰を持ち上げられる。

「えっ、毅さん……！」

縛られているせいで、後ろを向くのも大変だった。首を捻って見上げたら、毅が八重の浴衣の裾を大きく捲り上げて身を屈めるのが見える。

「あっ、ちょっと……だめっ……あぁあっ……！」

肉厚で少しざらついた舌で秘部を舐められて、八重は喘ぎ声を上げた。

白く手触りのいい臀部に顔を押しつけるようにして、毅が指で押し広げた陰唇の中へと舌を挿しこんでくる。浅い箇所で舌を出し入れする動きをしてから、蜜口のかたちを舌先でなぞるみたいに舐め上げた。

「あんっ、あぁんっ……」

ぷくりと膨らんだ花芽も指先で刺激され、脳天を貫くような快楽に見舞われる。

「ひぁっ、ひっ、う……」

毅は意地の悪い指遣いで、紅色に腫れた突起を苛め始めた。摘ままれ、こすられ、押し潰されるたびに、八重は髪を乱しながら嬌声を上げる。

「やぁっ……ああ、んっ、ん」

快楽に対して辛抱強くはない彼女の身体には、思いのほか早く限界がきた。

毅の指が忍びこむように隘路へと挿しこまれ、中と外から刺激を受けた直後、視界いっぱいに星が散る。

「ふ、あぁぁんっ……！」

びくびくっと全身が震えて、蕩けきった声が室内に響き渡った。

「はぁ……はっ……」

八重は枕に頭を預けて呼吸を整えようとしたが、すぐさま毅の指が動き始めたので休む暇もなかった。

達して柔らかくほぐれた蜜路へと節くれだった指が入ってきて、収斂する肉壁を広げるように出し入れが始まる。しとどに溢れる蜜液がその動きを助けた。

「毅さんっ、あぁ……あっ、やっ……」

「八重。指が二本も入ってしまうよ」

彼の言う通り二本目の指も挿しこまれ、ずぶずぶと奥まで飲みこんでいく。

内側をこすられる悦びをすでに知っている八重の身体は、じっくりと指で中を穿《ほじく》られる感覚に打ち震えて、指を締めつけながらもっと欲しいとせびった。

「……うっ、ううっ……あ、ンンッ……」

愛撫をする毅の手つきは優しく、動き方も乱暴ではないのに、それが逆に官能の熱を焦らして煽り立てる。

濡れそぼつ蜜洞を丁寧に指で慣らされ、感じる部分をこりこりと掻かれるので、八重は上半身を捩りながら抗えない愉悦に身悶えた。

「はぁっ、ふぁ……毅、さんっ……」

それほどきつく縛り上げられたわけではないのに、八重が身悶えると拘束している紐が柔肌に食いこむ。痛くはない。ただ、自由が利かない。

今の八重は毅にされるがままで、一人で身体を起こすことさえ難しかった。

「あ、毅さんっ……毅さん……」

うわ言のように呼んでいたら、毅が背中に覆いかぶさって、彼女の顎を掴みながら口吸いをしてくる。

「んっ、ん……」

そっと口を開けたら、すかさず毅の舌が入ってくる。濃密な接吻に酔わされて思考力が著しく低下してきた。

「はっ、んん……毅さ……」

たっぷりと口を吸われ、まるで酩酊《めいてい》したかのような甘い目眩に見舞われていると、毅が浴衣の帯をほどき、大きく襟をはだけさせながら腰を押しつけてきた。

臀部に硬いものが当てられて、八重はひゅっと息を呑む。丸みを帯びた亀頭が媚肉の周辺をゆっくりと辿るように動き、ぱくりと口を開いた秘裂にぴったりとはまった。

「……はぁっ……」

衝撃に備えて八重が息を吸った直後、猛《たけ》った欲望の楔が押し入ってくる。

「あぁあ……」

無遠慮に隘路を犯し始めた陽根が、もどかしいほど緩やかに根元まで埋められた。

腰が隙間なく重なり合い、うなじには毅の熱の籠もった吐息が降りかかる。

「八重……」

そして、身体を縛られたまま揺さぶりが始まった。

「あ、あぁ、ンッ、は、ぁんっ」

うなじに噛みつかれ、突き出すように縛られた乳房を両手で揉まれながら、後ろから腰を打ちつけられる。ぱんっ、ぱんっと肌のぶつかる音が響いた。

「あぁ……あっ、ああ……」

うなじを噛んでいた毅が次に狙ったのは耳だった。荒い呼吸を鼓膜に吹きかけながら、耳朶《じだ》を甘噛みしていく。

背筋にぞくぞくと甘いさざ波が走り抜けて、八重は首を反らした。甘美な愉悦に惑わされながら、どこもかしこも敏感になっている。

「はぁ、はぁっ、ん、んっ」

毅が断続的に突き上げてくるから、視界が揺れていた。ずっぷずっぷと体液の混じり合う音が響き渡り、八重の理性の留め金も外れてしまいそうだった。

「八重……八重っ……」

毅が息を乱しながら、逸物を胎の奥へと叩きつける。その動きに合わせて淫靡な熱のうねりが体内を駆け巡り、八重は堪らずに切なげな声を上げた。

後ろから男根で貫かれ、自由に身動きすることすらままならないのに、褥に押しつけられてまるで毅に全てを征服されるみたいに抱かれるのは……何故か、どうしようもなく……。

「……気持ち……いい……」

「八重？」

「あぁっ……すごく、いいっ……毅さん……もっと……っ」

「……ああ、分かった」

毅が唇を舐めながら艶然と笑むと、一旦奥を穿っていた雄芯を抜いて、ふるふると震えている八重を抱き起こした。二人で向かい合う体位に変えると、しっかりと背中を支えながら硬く勃起した男根を一気に挿しこむ。

「あ、んんっ……あ、っ……やっ、こわ、いっ」

両手を縛られているため後ろに倒れてしまいそうで、八重が怯えた声を上げたら、毅が首を振りながら唇に吸いついてきた。

「大丈夫。私が支えているから……ほら、いくよ」

「ふぁ、あんっ……」

斜め下の角度から突かれ、そこからは毅に抱きかかえられながら甘美な揺さぶりが始まる。

八重は終わりの見えない淫蕩な行為の中で、あまりの心地よさに頭がおかしくなりそうだと思った。

欲望の焔に焼かれて、甘すぎる熱に飲みこまれ、全てが奪い取られそうになる。

そんな八重をかき抱くようにして、毅が掠れた声で言った。

「八重っ……このまま……君を、離したくない……」

そうして首に齧りつき、自分のものだと示す歯形を残す。

そこは噛まないでくれと言っているのに、本当に仕方のない人だと、八重は朦朧とする意識の中で思う。

「毅さんっ……あぁっ……」

「はぁ……八重……っ」

気が遠のくほど揺さぶられ、毅が呻き声を上げながら奥で吐精した。

八重も毅と同時に気をやってしまい、焦らされたぶん意識が飛びかけて彼に凭れていたら、身体を拘束されていた紐を解かれる。

「八重……随分、感じていたようだね。気に入ったのなら、またやろう」

「ん……」

返事もできずに朦朧としながら乱れた浴衣の襟をかき合わせると、毅にその手を取られて舐められた。火傷の痕にまで舌を這わされたので、咎めるように名を呼ぶ。

「……毅さん……あまり、舐めないで……」

毅は八重と視線を絡めると、彼女の手を解放し、自分の浴衣に手をかけた。もはや羽織っているだけの状態のそれを脱ぎ捨てて、筋肉が付いて硬く隆起した男らしい裸体をさらす。

厳しい訓練で鍛えている毅の肉体は引き締まり、腹筋も割れていた。

深呼吸をした毅は、女を抱いた直後の雄の匂いを漂わせながら、ゆっくりと髪を撫でつける仕草をして、未だ冷めやらぬ熱を灯した瞳で見つめてきた。

大人の男の色香を間近で目の当たりにした八重は息ができなくなる。欲情しているのか、心なしか瞳の色が濃くなった毅の眼差しに本能的な危険を感じ取り、彼女は褥の上で後ずさったものの、身体に力が入らなくてぺたんと座ってしまった。

しかも動いた際に、足の奥から彼に注がれた熱いものが溢れてくることに気づいて、顔が熱くなる。

その隙に、毅が身を低くして、獲物に忍び寄る猛獣みたいに八重のもとへ近づいてきた。

ここで捕まったら危険だと頭の中では警鐘が鳴り響いているのに、足が動かない。縛られて抱かれただけで、すでに腰が抜けてしまっている。

「今宵は、もう……」

毅の指が伸びてきて八重の唇に乗せられた。それ以上は言うなと目線で言われ、身を乗り出した彼が頬に口づけてくる。

「んっ……」

「八重……」

八重は顎を持たれて顔を上げさせられた。すぐさま唇を食われて、淫らな接吻に酔わされながら力を抜けば、身体が傾いで褥に転がされる。

「っ……少し、お休みを……」

「君は休んでいなさい」

しどけなく投げ出していた足を横へ開かされ、蕩けきっている秘裂へと硬さを取り戻した陽物が突きつけられた。

「毅さん……これ以上されたら……私、おかしくなってしまいます」

「ああ、そうなのか」

心から愛おしいものを前にして堪らないとでも言うかのように、毅が色気のある艶美な微笑を浮かべながら八重の頬を撫でる。

「それはいいことを聞いた」

「っ……！」

八重は咄嗟に足を閉じようとしたが、何しろそこには毅の身体があるものだから、逆にがっちりと挟んでしまった。

「おや、そんなに私を離したくないのか。まったく、君は本当に愛らしいことをする」

「ち、違うのです！　これは、っ……んんっ、あっ……」

彼の大きくて硬いものが挿入《はい》ってくる……八重は喋ることができなくなった。

華奢な八重を組み伏せた毅が、彼女の顔中に接吻をして、甘く淫らな誘惑を囁く。

「君がおかしくなるまで、存分に愛でてあげよう」

……ああ、もう逃がしてもらえない。

年上の夫の誘惑に逆らう術など持っておらず、八重は全身が蕩けてしまいそうな甘ったるい愛撫を受けながら、身も心も彼に籠絡されていくのを感じていた。

◇

気をやりすぎて意識を飛ばした八重を見下ろしながら、毅は挿入していた雄芯をずるりと抜く。

彼女が閨事で気絶したのは初めてだ。今日は随分と感じていたようだし、また機会があったら拘束しながら抱いてみてもいいかもしれない。

そんなことを考えながら、後始末をしてやろうと手を伸ばしたら、不意に八重が寝返りを打った。ごろんと横向きになった際に浴衣が乱れ、彼女があれほど見せるのを嫌がっていた背中が行灯の明かりで照らされる。

「っ……」

毅は一瞬動きを止めたが、八重が起きる気配がないのを確認すると、身を屈めて背中の火傷を確認した。

背中のほぼ全面が痛々しいほどに赤く爛れて、皮膚もところどころ大きく引き攣れている。

あの火事に遭わなければ、きっと色白で滑らかな肌だったのだろう。これほど大きな火傷ならば、治療もつらかったに違いない。

毅は顔をひどく顰めてから、八重の髪を撫でた。

「君が一番つらい時に、側にいてあげられなかったことが悔やまれる」

寝顔に向かってそう囁き、どうしようもないほどの切なさと愛おしさに、眠る八重をそっと抱きしめる。

この時、毅は改めて、一人の男として彼女を支え、守り、一生を懸けて愛したいと希《こいねが》った。

陸ノ章　焔と愛

――男は燃え上がる焔に心を奪われていた。

全てを焼き尽くし、命あるものも、ないものも、ありとあらゆるものを炭と灰に変えていく暴虐の焔に魅せられたのだ。

大気を震わせ、うねるように焔の柱を作るその様は、さながら火の粉を纏った巨大な龍のようで、それに敵うものなど世に存在しないのだと思わせた。

「ハァ……」

男の口から嘆息が零れる。焔は遠目から見るのがいい。そうすれば、太い焔の柱が空高々と上がるのが分かるからだ。

木造の建物が燃える音に紛れて、どこかで鴉が「カァ、カァ」と鳴いていた。

火事が起きたことに気づいたのか、近隣の者たちが騒ぎ始めているのを横目に、男は恍惚《こうこつ》とした表情で焔の観賞を続ける。

「……ハハッ……そうだ、これでなくっちゃぁ……」

夜更けの空が、赤く染まっていた。

火をつけるのなら夜がいい。

何故ならば、焔は暗鬱とした夜の闇を照らし出すだろう？

そして憎らしく、腹立たしく、煩わしいものを全て灰燼へと変えてくれるのだ。

「あぁ……もっと燃えろ……燃えちまえ……」

男は燃え上がる焔に心を奪われていた。

二年前の、あの日から。

◇

「葛城少佐。神田区で火事があったことをご存じでしょうか」

他の部下が席を外して執務室で二人きりになった時、部下の真壁が唐突に放った言葉に、毅は雑多な事務仕事を片づける手を止めた。

この二年で毅が少佐に昇進したように、真壁も准尉から少尉に昇進しており、第一師団の司令部に戻ってきたあとも再び部下として彼のもとで働いている。相変わらず生真面目なところは変わっていない。

その真面目な真壁が仕事中に世間話を振ってきたものだから、毅は訝しげに部下へと視線を送った。

「騒ぎになっていたから、知っている。しかし、何故そんな話を？」

「先月も、同じく神田で火事があったのを覚えておいでですか。その前には麹町でも何件か火事が起きています。空気が乾燥している時期ですから、火事が起こること自体はおかしいことではないかもしれませんが、一連の火事は放火ではないかという噂が飛び交っています」

毅は眉間に皺を寄せた。目線で話を促せば、真壁少尉は書類整理の手を止めずに続ける。

「これは公表されていない情報ですが、どれも火事が起きた時の状況が同じだそうです。決まって家人が寝静まった深夜に出火し、火事が起こるのは商いを営んでいる商人の家か、それなりに資産のある家です。しかも、火事の現場に怪しい男がいたという目撃証言もあるようです」

真壁少尉が何を言いたいのか察した毅は、眼差しを鋭くした。

「少尉。どうして、そんな情報を知っている？」

「実は友人が警察官でして、つい先日、酒の席で酔って話していたのを耳に挟みました。火事の調査は消防組織の役目ですが、放火犯がいる可能性があるとなれば捜査をするらしく、警察内でも情報を共有して見回りを強化しているようです。差し出がましいことだとは思いましたが、少佐にお伝えするべきかと判断しました」

「…………」

「無駄話をして申し訳ありませんでした。職務に戻ります」

毅が無言になったため、この話題で上官の気分を害したと判断したらしく、真壁少尉が姿勢を正して作業を再開する。

毅は聞いた話を頭の中で整理しながら、渋面を作った。

「もし、一連の火事が放火だとしたら……二年前の火事も、その放火犯がやった可能性があると言いたいのか」

「それについて、自分には何とも申し上げられません。火事の状況が一致しているのは偶然かもしれませんし。ただ、そのような噂があるのは事実です」

「ふむ……火事の案件では、軍に情報が入ってこない」

万年筆を指でくるりと回した毅は、真顔を崩さない真壁少尉を一瞥する。

「その友人とやらに、もう少し詳しく話を聞くことは可能か？」

「もちろんです。すぐに連絡を取り、それとなく話を聞き出してみます」

「頼む。職務外なのに、悪いな」

「どうぞお気になさらず。情報が入り次第、ご報告します」

毅は真壁少尉に頷いて見せると、万年筆を置いて窓を見やった。

外は木枯らしが吹いていて、枯れた木の葉が舞っている。

季節は初冬。街は乾燥し、火事が起こりやすい時期になっていた。

◇

その日の朝、毅の着替えを手伝っていた時に、彼が言葉を選ぶようにして切り出した話題で八重は思わず眉根を寄せてしまった。

「火事、ですか……」

「ああ。ここのところ頻発していることを、八重さんは知っているかな」

八重は軍服の上着を持ったまま動きを止める。自然と表情が硬くなった。

火事。なんて恐ろしい響きの言葉だろう。

二年が経過しても、八重の心には火事の恐怖が残っていた。厨で火を見ると、たまに身が竦むような感覚に陥ることがある。

それでも、精神面は回復してきたほうだ。病院で目覚めたばかりの頃は、それこそ小さな火を見ただけで怯えて泣き出したことがあったものだ。

「八重さん。大丈夫？」

二年前のことを思い出して呆けていたせいか、いつの間にか毅が顔を覗きこんでいた。

「すまない。嫌なことを思い出させたかな」

「いえ、大丈夫です。毎日、新聞は欠かさず読んでいますし、何度か夜が騒がしかったこともありましたから、火事の件は知っています。それが、何か？」

「実は……」

毅は何かを言いかけたが、躊躇するように視線を泳がせてかぶりを振った。

「いや、君に話しておきたいことがあったんだが、はっきりと分かってからのほうがいいかもしれないな。また今度、話すよ」

「？」

上着を纏い、慣れた手つきで腰にサーベルを提げた毅が、八重の肩に手を置いて身を屈めてくる。ちゅっと音を立てて唇を奪われた。

「っ……」

「今日は、櫻子さんに会うために有栖川侯爵の屋敷へ行くと聞いている。あまり遅くならないように、気をつけて行っておいで」

「行き帰りは侯爵家から自動車を出してくれるそうですし、大丈夫だと思います。櫻子に夕食も一緒にどうかと誘われているのですが、ご馳走になってきてもいいですか？」

「いいよ。私も今日は遅くなるかもしれないから、構わず頂いてきなさい。あと、もし、街で見知らぬ男に声をかけられたら無視をするか、夫がいると答えるように」

「分かりました。でも、今日は櫻子のところへ行くだけですし、一人で街は歩きませんよ」

尚も何か言いたげな毅の視線を無視して、八重は彼の背を廊下まで押していった。

八重のこととなると毅は急に心配性な一面を覗かせるが、彼女も夫がいる身だし、大抵のことは一人で対処できる。

廊下には毅の身支度が整うのを待っていた志乃がいて、共に玄関先まで彼を見送った。


鮮やかな色に彩られた秋とは打って変わり、初冬の帝都の街並みはどこか物寂しい。

広葉樹は葉を落として裸になり、冬を連れてくる北風の冷たさに街ゆく人々が身を竦める。

八重が有栖川侯爵家からの迎えの自動車に乗りこみ、窓の外の光景にうら寂しさを覚えているうちに、大きな邸宅が見えてきた。

有栖川侯爵に見初められて結婚した櫻子は、赤坂にある侯爵家の別邸で生活していた。

別邸といっても、侯爵家の大きな邸宅のすぐ隣にあり、洋風の造りのこぢんまりとした建物だった。侯爵家は来客も多くて落ち着かないため、集中して好きなことができる場所が欲しいという櫻子の要望に応えて、侯爵が作らせたらしい。

「当家にようこそいらっしゃいました」

「こちらこそ、お招き頂きありがとうございます」

八重と櫻子は仰々しい挨拶をすると、再会の抱擁をした。

櫻子と会うのは、祝言を挙げたあとに、旅行から帰った彼女が祝いの品を持って葛城邸を訪ねてくれた時以来だった。

櫻子の私室に通され、紅茶を飲みながら近況を語り合った。

「実家の店を手伝う許可はもらえたのかしら」

「今のところは難しそう。お父様とお母様の反応が、あまり芳《かんば》しくないの。毅さんのもとに嫁いだ身なのだから、家で大人しくしていなさいと言うのよ。ただ、お兄様は『試しに一度やらせてみればいいじゃないか』と言ってくれているし、私もめげずに説得を続けてみるわ」

「諦めなければ、そのうちご両親も根負けするでしょう。頑張りなさいな。ちなみに、あなたの夫は口を出したりはしないの？」

「毅さんは私の意思を尊重してくれているけれど、両親の件は、本当にやりたいことなら自分で説得するようにと言われたわ。だから、自分は口を出すつもりはないって」

「意外だわ。八重を甘やかしている印象があるものだから、てっきり説得を手伝うのだとばかり。その辺りは、しっかり線引きしているのね」

「私がやりたいことだから、毅さんの手を借りたくないっていうのもあるの。そういう私の気持ちも分かってくれているのかもしれない。毅さんとは夫婦になってから色々と話もするようになったし、理解のある人だから」

八重が紅茶と共に出されたカステーラを食べながら言うと、櫻子が目を細める。

「八重。あなたの話を聞くたびに思うのだけれど、本当に羨ましい限りだわ。幼い頃から許嫁だった人と籍を入れて、夫婦仲もいいでしょう。私にもそんな相手がいればよかったのにと、たまに思う時があるのよ」

「櫻子にも侯爵様がいるじゃない。ご挨拶させて頂いた時も、とても優しくて素敵な方だったわ。それこそ櫻子のやりたいことに理解があるみたいだし」

「侯爵様は、確かに理解があって優しい方だけれど、年齢が離れすぎているでしょう。夫というよりも保護者のような感覚がしてしまうものだから、今でも戸惑う時があるのよ」

「少し分かるかも。毅さんも、たまに私の保護者のような言動をするもの」

「夫と年齢が離れていると、やっぱり、そうなるものなのかしら」

年上の夫を持つ者同士、八重と櫻子は顔を見合わせて首を傾げる。

「侯爵様に至っては少し変わった方でもあるから、夫の顔をしたいのか保護者の顔をしたいのか、その辺りで戸惑うことも多いけれど」

「侯爵様って、どういうところが変わっているの？」

「やたらと私を構おうとするところよ。放っておいてほしいと告げても、聞いてくださらないの。そのせいで一度、口論になってしまったことがあって、向こうの大きな屋敷で何故か隠れ鬼のようになったことがあったわ。見つかったが最後、その日は朝から晩まで膝の上に座らされたものだから、あれ以来、侯爵様に口答えはしないようにしているの。暇があれば私を構おうとするのをやめて頂きたいのだけれど、本当に理解しがたい方だわ」

櫻子が一息に言ってのけて、皺の寄った眉間を押す仕草をした。

女学校に在籍していた頃から、櫻子は一人でいることが多く、周りに構われるのを苦手としているのは知っていたので、侯爵との意外な関係性に目を丸くする。

「侯爵様ったら、櫻子のことをそんなに可愛がっていらっしゃるのね」

「可愛がっている、ですって？　侯爵様が、私のことを？」

「だって、朝から晩まで膝に乗せているだなんて、可愛がっている証拠じゃない。私だってそんな経験ないもの。きっと、櫻子のことが可愛くて仕方ないのよ」

「…………」

櫻子が口を噤んで紅茶を飲み始めた。彼女の頬は、ほんのりと赤らんでいる。

いつもは毅の件で櫻子に揶揄われる側なので、八重は友人の新鮮な反応に満足して、食べかけのカステーラを口に運んだ。


櫻子との話は尽きることなく、夕暮れには有栖川侯爵も交えて早めの夕餉を頂いた。

侯爵は昼に外出していたらしく、八重が好きなものを櫻子から聞いていたのか、豆大福とカステーラを買ってきて土産に持たせてくれる。

別れ際も、気を遣って櫻子と二人きりにしてくれた。

「お土産までもらってしまって、何だか申し訳ないのだけれど」

「いいのよ。侯爵様も、あなたのために買ってきてくださったのだから、ご厚意を受け取りなさい」

「うん、分かった。侯爵様にも改めてお礼を言っておいて」

屋敷の前で待機している自動車に乗りこもうとすると、櫻子に呼び止められる。

「お待ちなさいな、八重。あなたに、もう一つ渡したいものがあったの」

そう言って、櫻子がスカートのポケットから何かを取り出した。八重の手を取り、小指に紅い紐を蝶々結びにしてくれる。

「これは……」

「前にあげたものは火事で焼けてしまったんでしょう。だから、新しいものをあげるわ。あれから二年も経ってしまったし、あなたはもう、運命の紅い糸なんてものは信じていないかもしれないけれど」

あの日、恋しい人と繋がっていると信じていた紅い糸は、火事で焼けて灰となった。

だが、それを櫻子が小指に新しく結び直してくれた。

「これは、あなたの運命の人のぶんよ。どうぞ、差し上げるわ」

櫻子がもう一本、紅い髪紐をくれたので、八重はしっかりと受け取って頷く。

「ありがとう、櫻子」

八重が胸の前で小指を包むように両手を握っていると、櫻子の手が伸びてきて、その上からそっと覆う。

そして、八重に額をこつんと押し当てながら、櫻子はあの日と同じ台詞を口にした。

「この糸の先は、きっとあなたの望んだ殿方の指に結ばれているわよ」

小さく頷いた八重は、なんだか無性に泣きたくなって、友人の背中に腕を回してほんの少しだけ泣いた。


櫻子と別れ、八重は自動車に揺られながら小指を見つめる。

蝶々結びにされた紅い紐。

「櫻子ったら……」

本当に、いい友人を持ったものだと心の底から思う。

もう一本の髪紐を大切にしまうと、八重は窓の外を眺めていたが、ふと、日が暮れたというのに人通りが多くて、妙に騒がしいことに気づいた。

何事かと思って窓に顔を近づけた時、侯爵家の運転手が小さな声を上げる。

「ああ、なんてこった。こりゃ大変だ」

「どうしたの？」

「お嬢様。火事ですよ」

その言葉を聞いた瞬間、八重は身体の芯が一気に冷えていくような感覚を抱いた。

行く手には道を塞ぐように人だかりができていて、自動車も停車してしまう。

「少し見てきます。もしかしたら、迂回《うかい》しなきゃいけなくなるかもしれません」

運転手がため息交じりに外に出て、様子を見に行った。

八重は身を乗り出し、前方の大きな窓から状況を確認する。野次馬が多くて燃えている建物はよく見えないけれど、もくもくと煙がたちこめていて、消火作業をする者たちの声が飛び交っている。

すでに日は暮れているはずなのに、空は明るく、不吉な赤色に染められていた。

扉が開いた際に煙の臭いが入ってきたのか、それが鼻腔を掠めた瞬間、八重は大きく身を引いた。座席に背中を押しつけて、ばくばくと激しく鳴り始めた胸に手を当てる。

「はぁ……はぁっ……」

二年前の凄惨な記憶が、一気に濁流のように押し寄せてくる。

灼熱の焔、立ちこめる煙、背中の激痛、死の気配――。

――お父様っ……お母様っ、お兄様ぁっ……助けてっ……。

八重は恐怖に身を震わせたが、自分に言い聞かせた。

「っ……」

大丈夫、落ち着いて。火事の記憶は、もう過去のものよ。

深呼吸をして、何げなく視線を横に向けた時だった。火事を見に来た野次馬の中に、食い入るようにこちらを見ている男がいた。

男は黒く薄汚れたコートを着ていて、慌ただしい火事の喧騒の中でも一人だけ時間が止まっているみたいに佇んでいたが、その目だけは爛々《らんらん》と輝き、八重の乗る自動車を見つめている。

自動車を持っているのは裕福な資産家か華族くらいなので、通りを走ると目立つ。そのため人々が立ち止まって見てくることは、ままあることだ。

しかし、今この状況下で目の前の火事ではなく自動車に興味をそそられるというのは、いささか不自然に思えたから、八重は窓ガラス越しに男を見つめ返した。

男は一心に自動車……ではなく、八重を見ていた。

そして、八重もまた、その男に見覚えがあったので目を細める。少々やつれていて身なりも変わっているが、どこか陰鬱で肌に刺さるような眼差しは知っていた。

「あれは……」

「お待たせしました。消火作業をしているみたいで、やはりこの先に行くのは難しそうです。

迂回してお送りすることになるので、少し到着時間が遅くなるかもしれませんが、大丈夫ですか？」

　運転手が戻ってきたので、八重の意識は窓の外の男から逸れた。

「ええ……大丈夫よ。ありがとう」

「ここから御宅までそう遠くないので、この道を真っ直ぐ行けたら、すぐお送りすることができたんですがね」

「仕方ないわ。火事の原因は何か分かった？」

「野次馬が言うには、庭で焚き火をしていたら、そのまま枯れ葉が飛んで障子に燃え移ったみたいですよ。それで一気に燃え広がったらしいので、本当に気をつけないといけませんね。最近は、火事が多いですから」

「……そうね」

　八重は小さく相槌を打ち、後退し始める自動車の中から、先ほどの男に視線を戻した。

　しかし、男はもう、そこにはいなかった。

　無事に葛城邸に到着し、門の前で降ろしてもらった八重は自動車を見送った。

　火事を知らせるサイレンが鳴っている。まだ消火作業は続いているようだ。

八重は音のするほうへ顔を向けて、その方角の空が薄らと明るいのを見て取り、沈鬱な思いで身を翻す。

葛城邸の門をくぐろうとした時、どこからか鴉の鳴き声が聞こえてきた。カァ、カァ、と不吉を告げるようなそれが耳に届いて、八重は足を止めて空を仰ぐ。

バサバサッと翼の音がして黒い影が夜空を飛んでいった。その羽ばたきの音と混じるようにして、背後から砂利を踏む音がしたので、彼女は弾かれたように振り返る。

黒いコートを着た男が、そこに立っていた。

「会えて嬉しいよ、杉渓家のお嬢様。俺のことを覚えているか？」

男——かつて実家の店と取引をしていた貿易商、村田平次が嗤《わら》う。

やはり、先ほど喧騒の中で見かけた男は村田だったのだと思いながら、八重は警戒の眼差しを彼に向けた。

「……ええ、覚えているわ。でも、どうして、あなたがここにいるの？」

村田は二年前、父に塩を撒かれて追い払われてから姿を消していた。借金で首が回らなくなり、金を支払ったのに商品が届かないということで取引先から詐欺罪でも訴えられそうになっていて、挙げ句に夜逃げしたのだという噂を耳にしていた。

村田は彼女の質問に答えることなく、薄ら笑いを浮かべて佇んでいる。その姿を見て不安を覚えた八重は後ずさった。

先ほど火事現場にいたのに、彼はここまで後を尾《つ》けてきたのだろうか。

しかし、八重は自動車に乗っていたはずだ――ならば徒歩であの火事現場をすり抜け、葛城邸に先回りしていたのか？　何のために？

そんなことを考えているうちに村田が大股で近づいてくる。咄嗟に逃げようとしたものの、腕を掴まれてしまった。持っていた土産の風呂敷が地面に落ちる。

「っ、やめ……むぐっ……！」

いつの間にか見知らぬ人力俥も停まっていて、いきなり現れた人相の悪い俥夫が八重を羽交い絞めにすると、悲鳴を上げられないように素早く猿轡《さるぐつわ》を噛ませた。両手も縄で縛られてしまう。

八重は必死に抵抗したものの、二人の男が相手では徒労に終わり、担がれるようにして人力俥に乗せられる。手慣れているのか、あっという間の出来事だった。

「会いたかったぜ。特に、あんたにはな」

隣に乗りこんできた男を睨みながら、八重は「んーっ！」と声を上げようとして身を捩る。

だが、村田は薄ら笑いを浮かべただけで人力俥が動き出した。

どうしよう。このままでは連れ去られてしまう。

そう恐怖におののいても、今の彼女に為す術はなかった。

「まったく、八重ときたら。いつまで経ってもそそかっしいのだから」

櫻子は文句を言いながら人力俥に揺られていた。つい先ほど帰った友人が財布を忘れて行ったのだ。気に入っている縮緬《ちりめん》の財布だと言って見せてくれたのはいいけれど、そのまま忘れてしまうのが、八重らしい。

明日、届けに行ってもよかったが、ちょうど貸し忘れた本もあったので一緒に持って行こうと思い立ち、そこまで遅い時刻でもなかったから、夫に許可をもらって人力俥で追うことになった。

どうやら火事があったらしく、騒ぎを避けるために多少遠回りをしたが、いよいよ着くという頃になって、一台の人力俥が葛城邸の門の前から走り去っていく。

櫻子はその慌ただしい様子に首を傾げつつも、到着した門の前で人力俥から降りた。

「着いたわね。あなた、ここで少し待って……」

侯爵家お抱えの俥夫に声をかけようとして、櫻子は黙った。足元に覚えのある風呂敷の包みが落ちている。

櫻子はそれを拾い上げて、八重に渡した土産の包みだと知って眉を寄せた。

「これは、どうして……」

◇

門の前に落ちているという不自然さと、先ほど走り去った人力俥のことが頭を過ぎり、利発な櫻子は即座に状況を把握して俥夫に告げる。

「さっき、走り去った人力俥がいたでしょう。今すぐ全速力で追いかけなさい」

「えっ、しかし、奥様……」

「いいから、つべこべ言わずに早く行きなさいな！　見失ったら、お前の責任よ！　とにかく死ぬ気で行き先を突き止めなさい！」

「へ、へい！」

櫻子の叱咤を受けて俥夫が背筋を伸ばし、走り去った人力俥を追いかけて行った。

それを見届けることなく、櫻子は風呂敷包みを抱えながら葛城邸に駆けこむ。

「ごめんくださいまし！　どなたか、いらっしゃいませんか！　急ぎの用なのです！」

櫻子の呼びかけに、女中頭の志乃が現れた。

「あらまぁ、櫻子様ではございませんか」

「八重は帰っているかしら」

「まだでございます。今朝方、有栖川侯爵様の邸宅へ向かわれたきりでございますが」

「何やら騒がしいな。八重さんが帰ってきたのか」

騒ぎを聞きつけ、軍服姿の毅が廊下の向こうから現れた。

「ちょうどよかった。私も早めに仕事を上がれて、珍しく部下も連れてきたので……」

「葛城様っ、八重が拐《かどわ》かされたかもしれません」

毅の台詞を遮り、櫻子は息せききって告げた。ぴたりと足を止める毅に、畳みかけるように説明する。

「門の前に、侯爵様が土産にと渡した風呂敷が落ちておりました。走り去る怪しい人力俥も見かけましたので、うちの俥夫に後を追わせましたが、私よりも先に侯爵家を出た八重が戻っていないというのならば、あの子の身に危険が迫っているのかもしれません」

瞬時に志乃の顔が青ざめて、毅の表情が険しくなった。

毅は「少尉！」と部下の名を呼んでから、肩で息をしている櫻子のもとへ足早に歩み寄ってきた。毅の鋭い呼び声を聞き、部下の真壁少尉も部屋から飛び出してくる。

「状況は分かりました。人力俥は、どっちへ行きましたか？」

「あちらです。どうか、早く八重を見つけてくださいまし」

「私が必ず見つけて連れ帰ります。貴女はここで待っていてください。志乃は、今すぐ警察に連絡を入れるんだ。この状況を説明し、応援を送ってくれるように要請してくれ」

「かしこまりました。櫻子様も上がってください。客間にご案内いたします」

頷いた櫻子は祈るように両手を握って友人の無事を祈りながら、玄関から飛び出していく二人の軍人を見送った。

◇

川沿いにある薄汚れた長屋にて、八重は捕らわれていた。

長屋の中は白熱電灯がなく、部屋の隅に行灯が置かれているだけで薄暗かった。

ここへ連れて来られる時に人力俥の上でかなり暴れたため、両手を拘束されたまま荒縄で柱に縛りつけられてしまい、八重はどうにかして逃げようと上半身を捩るが、動けば動くほど縄が食いこんだ。

村田は八重を柱に縛りつけたあと、攫《さら》うのを手伝った俥夫を連れて長屋を出て行った。

報酬の話をしていたことと、八重を拐かした時の手慣れた様子からすると、あの俥夫は金さえ積めば悪事にも手を貸す、ろくでなしなのだろう。

「んーっ」

八重は猿轡を噛みしめながら、諦めずに縄から抜けようとする。

せめて両手の拘束さえ解ければ何とかなるかもしれない。そう思って両手を動かすが、目の粗い縄が手首を締めつけるばかりだった。

そうこうしているうちに、村田が戸にしっかりと錠を掛けて戻ってきた。

「金をせびりやがって。あの、ごろつきが……チッ」

村田はぶつぶつ文句を言いながら舌打ちをして、縛られている八重の前までやって来た。

八重が睨みつけると、村田がゆっくりと屈んで目線を合わせてくる。

「よぉ、二年ぶりだな」

「っ、う……んっ、んーっ！」

「こうして間近で見ると、あんた二年で成長したな。あの頃は乳臭そうながきだったのに、今じゃすっかり女になっていやがる」

全身を舐め回すように見られて、八重の背筋に怖気が走った。二年前、村田と顔を合わすたびに感じていた不快感も蘇ってくる。

あの頃も、会うたびに蛇のような目つきで値踏みする視線を送られていたのだ。

「しかし、驚いたぜ。火事が起きたって言うから見に行ったら、あんたはあんな目立つ自動車に乗っていやがった。帝都へ戻ってきてから、あんたが葛城家へ嫁に行ったと聞いて、ここしばらく張りこんで一人になるのを狙っていたんだが、外出する時は必ず誰かが側にいやがったからな。ちょうど痺《しび》れを切らした頃だったんだ」

どうして八重を攫ったのか。これから何をするつもりなのか。

疑問と不安が胸中に渦巻いているが、八重は臆するまいと奮起して村田を睨み続ける。

そんな八重の反応を見て、村田がにやりと笑うと、何を思ったのか彼女の口を塞いでいた猿轡を解いた。

「私を攫って、何が目的なの？」

開口一番、八重が噛みつくように問いかけたら、村田はにやにやと笑いながら言う。

「ひでぇな。この二年、俺はあんたに焦がれていたんだぜ。わざわざ帝都に戻ってきたのも、そのためだ」

「焦がれていたって、どういう意味？」

「言葉のまんまだ。どうしても、あんたに会いたかった」

村田からは以前の媚びへつらう態度は消え失せていて、鷹揚《おうよう》に胡坐をかいた。

「見てぇものがあるんだ。だが、その前にちょいと昔話をするか。今から二年前の、ある夜の話だよ」

村田が口角を歪《いびつ》に吊り上げる。こちらを見据える彼の瞳に愉しげな光が揺らぐのを見て、八重は嫌な予感を覚えた。

「ある夜……？」

「そう。あんたもよく覚えてるだろ。あの晩は、夜なのに真昼のように明るかった。ただ油を撒いて火をつけただけで、夜が昼になったんだ」

「……それは、まさか……」

村田の言葉の意味を理解し、八重の全身に鳥肌が立った。唇がわななき、拘束された両手が震え始める。

「あんたの実家の火事は、俺が初めて火をつけた屋敷だから、よーく覚えてる。パチパチと音を立てて、全部が灰になっていった。すげぇ興奮した、これまで生きてきた中で最も血が滾《たぎ》った瞬間だった」

「あなたがっ……あの火事を引き起こしたのね！」

八重が悲鳴のように声を張り上げたら、村田が笑い声を上げた。

「そうだよ。あの屋敷はよく燃えたなぁ。惜しむらくは誰も死ななかったことか。一家全員、殺してやろうと思って火をつけたからな」

げらげらと笑う村田の表情からは狂気の欠片が見て取れた。

二年前、この男が屋敷に火をつけた。とてもじゃないが、許せることではない。

だが、何なのだろう……愉しくてたまらないといった様子の村田から伝わってくる、この例えようもない違和感は――。

「あの頃はよぉ、俺も事業に失敗して借金地獄で取り立てに追いかけ回されてたんだよ。だから、あんたの家や取引があった他の家に、たびたび金を借りに行った。でも、途中から相手にされなくなっちまって、終いには塩を撒かれて追い払われた。腹が立ったよ。特にあの日は、お前の父親に怒鳴られて追い返されて、死ぬほど腹が立って、いっそ火をつけて殺しちまおうって思った」

「それは全て、借金を作ったあなたが悪かったんでしょう。逆恨みだわ」

「ああ、そうだよ。俺が悪かった。何もかもうまくいかなくなって、女房にも逃げられて、自暴自棄になって、たまたま腹が立ったから、お前の屋敷に火をつけたんだよ。それで、すぐに帝都から逃げ出した」

「そんなっ……」

たまたま腹が立ったから火をつけられて、あんな地獄のような思いをさせられたのか。

あの火事で、私たちが、どんな思いをしたと思っているのか。

村田の告白で感情の行き場を失くした八重は、我慢ならずに血が滲むほど唇を噛みしめた。

あまりの口惜しさで涙が出そうになるが、こんな男の前で泣いてやるものかと耐える。

しかし、村田が続けた言葉を聞き、今度は顔から血の気が引いていった。

「屋敷に火をつけた理由は、腹が立ったから。少なくとも〝最初〟はそうだったな」

「……最初、は？」

「この数ヶ月、帝都で起きている火事。ありゃあ、俺が火をつけたんだ」

「は……？」

「俺はさ、あの燃え上がる焔に魅せられたんだ。ハハッ、おい知ってるか。夜空に向かって上がった焔は、そりゃあもう綺麗なもんさ。昔、俺を虚仮《こけ》にした奴らの家に火をつける時の気持ちよさったらねぇよ。女を抱くより気持ちいいんだぜ」

膝を叩いて笑っている村田を前にして、八重は寒気を覚えながら首を横に振った。

先刻、抱いた違和感の正体が、ここでようやく分かった。

この男は頭がおかしいのだ。言っていることが理解できない。

凡《すべ》てを灰に変え、いとも容易く命を奪ってしまう焔が美しい、尚且つ火をつけるのが気持ちいいなどと、常人ならば思うはずがない……狂っているのだ、と。

八重は例えようもない恐怖に身を焼かれて、目の前で笑い転げる男を見つめていた。

やがて、村田が笑いながら八重の肩に手を置く。

「つ、何をするの？　触らないで！」

「あんたを連れてきた理由を、まだ言っていなかっただろ。見せてくれよ」

「見せるって、何を……」

「火傷の痕」

「え……」

「見てみたくて堪らなかったんだ。あんたはでかい火傷を負ったはずだろ。それをさ、俺に見せろよ。俺が初めてつけた火で負った火傷が見てみてぇんだよ。それが見たくてわざわざ帝都に戻って来たんだ。早くっ、ほら！」

村田が急に興奮した様子で八重の肩を掴み、柱に身体を縛りつけていた縄を解き始めた。

両手以外は自由を得たので、八重は決死の覚悟で逃げ出そうとするが、村田が着物の袖を掴んで床に引きずり倒す。

「つ！　いやッ……！」

八重は必死にもがくが、村田に押さえつけられながら着物の帯を解かれていく。

これまで夫にさえ頑なに見せなかった傷痕を暴かれそうになり、八重は悲鳴を上げた。

「やめて！　私に触らないでっ！」

「おい、じっとしてろ！」

髪を引っ張られても、八重は必死に抗いながら夫の名を叫んだ。

「毅さん……毅さんっ！　助けてっ……！」

「うるせぇな！　騒ぐな！」

八重が暴れて思い通りにならないものだから、村田がとうとう苛ついたように語尾を荒らげて拳を振り上げた。

ああ、殴られる！

そう思って、八重が身を硬くして目をぎゅっと閉じた時だった。

ドカンッ！と、大きな音を立てながら錠の掛かっていた長屋の戸が蹴破られ、軍服姿の毅が息を切らしながら駆けこんできた。

「八重さん！」

毅は八重に馬乗りになって着物を剥がそうとしている村田を見るなり、拳を握りしめて殴りかかる。そのまま床に引き倒し、室内には打擲の音と村田の呻き声が響き渡った。

少し遅れて駆けこんできた軍服姿の若い青年が「葛城少佐！」と叫びながら仲裁に入る。

八重はのろのろと起き上がり、傍らで揉み合う男たちを見やった。

散々殴られて血まみれになった村田がぐったりと床に伸びており、その前では怒り心頭に発するといった様子で腰のサーベルに手をかけた毅が、青年に取り押さえられている。

「どうか落ち着いてください、少佐！　その男を殺してはいけません！」

「っ……」

「その男には聞かなければならないことがあります。そして、ここで殺してしまったら、少佐が人殺しの罪を被ることになりかねません。どうか、お気を鎮めてください！」

青年に説かれて、毅が忌々《いまいま》しげな表情でサーベルの柄から手を離した。そして震えながら呆然自失としている八重に気づくと、すぐさま両手の縄を解いてくれる。

「八重さん。遅くなってしまって、すまない」

村田に攫われた時から、八重は気丈に受け答えをしていたが、助けに来てくれた毅の顔を見た途端、ぴんと張り詰めていた糸が断たれてしまったかのように涙が溢れ出してきた。

二年前の、火事の原因を知ったこと。

村田に攫われて、火傷を見せろと襲われたこと。

あまりに色々なことがあって、胸の内から感情が大波のように押し寄せてくる。

「あぁっ……」

もう辛抱できなかった。次から次へと涙が頬を伝い落ちて、八重は両手で顔を覆いながら毅に二年前の真実を語った。

「毅さん……二年前……あの男、が……うちの、屋敷に……火をっ……」

「っ！」

「あの男の、せいでっ……全てが、焼けて……私、も……」

それ以上は言葉にならず、八重が嗚咽を漏らしてしゃくり上げていたら、毅の腕の中へと強く引き寄せられた。彼の胸に顔を押しつけられるようにして、ぎゅっと抱きしめられる。

それから、八重は滂沱として涙を流し、毅はずっと彼女の背を撫でていた。


村田平次は警察官によって捕縛された。

毅が助けに来られたのは、櫻子の機転により、足の速さと持久力のある俥夫が八重の乗った人力俥を追いかけて、連れこまれた長屋の場所を突き止めたのが大きかったらしい。

俥夫は場所を確認すると、ひとまず道を引き返したが、その途中で毅と真壁少尉に会った。

そこからすぐ八重の救出に向かったため、すんでのところで長屋に突入できたのだ。

葛城邸に帰った八重は、彼女の無事を祈って待っていた櫻子と抱き合い、また涙を流した。

「ああ、八重……あなたが無事でよかった……」

「……櫻子が、すぐに気づいてくれたお蔭よ……本当に、ありがとう……」

いつも、櫻子には助けてもらってばかりだった。

八重は櫻子がいてくれたことに心から感謝しながら、一報を受けて駆けつけた有栖川侯爵に連れられ、帰っていく友人を見送った。

その頃には夜半を過ぎていて、警察も村田を連れて引き上げていった。救出を手伝ってくれた真壁少尉も帰っていき、八重が玄関先で呆けたように佇んでいたら肩にそっと毅の手が添えられる。

「八重さん。今夜はもう休みなさい」

八重は頷くが、頭がぼうっとしていて両手の震えが止まらなかった。

そんな彼女の様子を見かねたのか、毅が八重を連れて向かったのは部屋ではなく湯殿《ゆどの》だった。

「湯の支度をさせておいた。身体の汚れを落として、今夜は寝なさい」

毅が脱衣所に八重を置いて出て行こうとするので、思わず腕を掴む。今は側にいてほしかった。

彼は八重の心情を察したようで、腕を振り払うことなく言った。

「何もしないから、共に湯を浴びようか」

こくりと首を縦に振ると、着物の帯を解かれて脱がされていく。肌が露わになって身を硬くしたら、毅が「大丈夫だから」と囁いてきた。

彼も軍服を脱いで裸になり、ぼんやりしている八重を連れて湯に浸かる。

温かいお湯に肩まで沈んだところで、ようやく指先が冷えていたことに気づいた。じわじわと全身が温まっていくにつれて思考が働き始め、今度は眦に涙が溜まる。

あれだけ泣いたというのに、まだ涙は涸れていなかったらしい。

ぽろぽろと泣き出せば、毅がそっと抱きしめてくれた。

「大丈夫。もう大丈夫だよ」

そう言い聞かされながら、身体の芯まで温まった頃に湯を上がり、半ば抱きかかえられるようにして寝所まで連れて行かれた。

いつしか夜明けが近くなっており、心身ともに限界を迎えた八重は、毅の腕の中で泥のような眠りについた。

再び目覚めた時、すっかり夜が明けていて毅の姿は見当たらなかった。

昨夜は靄《もや》がかかったようになっていた頭はすっきりとしていて、八重は寝巻き姿のまま部屋を出る。

居間へ行くと障子が開け放たれていて、着流し姿の毅が軒先に座って庭を眺めていた。

毅の手には煙管があり、彼は慣れた動作で吸って空にふうと煙を吐く。煙は白い流線形を描きながら空に消えていった。

煙管を吹かす彼の背中は、八重も慕った彼の亡き父――貞のそれと、よく似ていた。

毅が煙管を吸うとは知らなかったので瞠目していたら、八重の気配に気づいたのか、彼が煙管を煙草盆に置いた。

「八重さん、おはよう」

「おはようございます、毅さん。お仕事は、どうされたのですか？」

「休みをとった。急ぎの仕事はなかったし、真壁少尉も気を利かせてくれた。非番以外で休みをとったのは初めてだよ」

毅が煙草盆を退かすと、八重を手招く。

「こちらにおいで。話をしよう」

「……はい」

二人は出会った頃のように、軒先に並んで座った。

「あの男は警察で取り調べを受けている。二年前の火事だけでなく、ここ最近の火事も全てあの男の仕業だ。放火は殺人と並ぶ重罪。ましてや連続放火犯となれば、それ相応の罰が下るはずだ」

毅は冬の侘《わび》しい庭を見つめながら淡々と話をした。

「君やご家族、他に火事に遭った家の人々の気持ちは、当人たちにしか分からないことだ。ただ、私は君を側で見てきたから、あの男の仕出かしたことは心の底から許せない。できることなら、この手で引導を渡してやりたかったよ」

「……あの男のことは一生、許せません。きちんと罰を下してほしいです」

八重はぽつりと呟き、両手を見下ろした。手のひらに残る火傷は薄くなっている。

二年前の、あの凄惨な火事が人為的に起こされたものだったという事実に、やるせなさがこみ上げてきた。

しかし、村田は毅に殴られて制裁を受け、捕縛されて厳罰――おそらくは極刑が下されることになるだろう。

なればこそ、八重も心の整理をつけて、うまく折り合いをつけなくてはならない。

「今回の件はお父様やお母様、そしてお兄様とも話をします。皆、きっと感じていることは同じでしょうから」

「ああ、そうするといい」

会話が途切れて、沈黙が落ちた。

八重は手持ち無沙汰に小指を弄る。櫻子が結んでくれた紅い紐は、昨夜、湯を浴びる際に解かれていた。

「……あの男、私の火傷の痕を見たいと言ったのです。そのために、わざわざ帝都に戻ってきたのだと……こんな醜い傷痕を、さも楽しげに見ようとしたのです」

「あいつが口にしたことは妄言だ。醜いのはあいつの心だよ」

毅が慰めるように肩を抱いてくれて、八重はその温もりにほっとした。

昨夜、湯を浴びている最中も、毅は震える彼女を支えるように抱いていてくれた。頑なに見せたくないと言い張ってきた肌を見せても、何も言わず――。

「毅さん。私、あなたに見てほしいものがあります」

八重は消え入りそうな声で、それを切り出した。毅の手を取り、居間から連れ出して自分の部屋へ向かう。彼は黙ってついてきた。

誰も来ないよう襖を閉めきり、代わりに中庭が見える障子を開け放つ。日が射しこんで部屋が明るくなった。

毅の手を引いて座らせると、八重は彼に背を向ける。震える手を浴衣の帯にかけて、しばし躊躇した。

大丈夫だろうか。拒絶されないだろうか。醜いと言われないだろうか。

頭の中を駆け巡った恐れは、瞬く間に泡のように消えていく。

今更だった。これだけ一緒に過ごしてきて、どうして怯えることがあるだろう。

毅は八重を拒絶したりはしない。

そんなことは、とっくに分かっていたはずなのに。

八重は大きく息を吸うと、ゆっくりと浴衣の帯を解いていった。襟を落とし、眩い日光のもとで、ひたすら隠し続けてきた傷痕を見せる。

「私の身体、見てください」

勇気を出して、疵物となった身体の全てを余すところなくさらした。

そして、あとは、彼の反応を待つだけ。

壁の一点を見つめながら息を殺して待っていたら、毅の気配が近づいてきて傷ついた背中にそっと触れた。

毅は何も言わずに傷を撫でていたが、やがて、身を屈めて背中に唇を押し当てる。


「君は綺麗だよ」


たった一言、そう囁いて、毅は八重の傷ごと腕の中に包みこんだ。

優しく抱擁され、八重の頬には日の光を浴びて煌めく涙が一筋、伝い落ちていった。

たくさんの大切なものが焼けて灰となった日から、二年の歳月が経っていた。

失ったものは取り戻すことはできないけれど、悲しい出来事に決着をつけて新たに手に入れた幸福は、これから大切に守っていくことができる。

八重は笑いかけてくれる毅の顔を見上げて、泣き笑いを浮かべた。

「私を受け入れてくれて、ありがとうございます……あなたに会えて、本当によかった」

そうして全ての想いを籠めて、八重はずっと恋をしている、大好きな人に抱きついた。

◇

二年前の杉渓家の火事、それに加えて帝都で起きた一連の火事について、犯行を認めた村田平次は絞首刑となった。

投獄されて厳しい尋問を受けた村田は、刑を執行される直前まで「燃え上がる焔が見たい」と、うわ言のように繰り返していたらしい。

かくして世間を騒がせた放火犯は厳罰を受け、冬の帝都は静かな夜を取り戻した。

終ノ章　蝶々結びの恋

その日、湯浴みを終えた毅が八重の寝所を訪ねてきた。

夫婦の夜を始める前に、正座をした毅が「これからの話がしたい」と口火を切った。

「私は軍人だ。今後、職務で君の側を離れなくてはならないことがあるだろう。寂しい思いをさせることもあるかもしれない。しかし、たとえ離れていたとしても私の心は君のものだ。残りの人生を君に捧げたい」

誠実な毅らしい言葉に、八重も正座をしながら畏まって応える。

「そのように言って頂けて、とても嬉しく思います。あなたが軍人だということは、私も理解しています。できる限り、あなたをお側で支えたいです。疵物の私を受け入れて頂けたことにも、とても感謝しています。今後とも、末永くよろしくお願い致します」

「こちらこそ、よろしくお願いします」

許嫁として初めて挨拶をした時のように、二人は畳に手を突いて頭を下げる。

改めて夫婦として気持ちを確かめ合い、顔を上げた毅が厳格な父のように腕組みをした。

「前から思っていたことだが、その疵物という言い方はやめてほしい。君のことを、そんなふうに思ったことはないよ」

「でも、実際、私の身体には傷が残っておりますし」

「その傷は、君の魅力を損なう理由にはならない。私の目から見た君は、いつだって輝いていて、美しい。疵物などという言葉は、君に当てはまらないんだ」

輝いていて、美しい？

毅の口から飛び出した賛辞に、八重は固まる。

これまで愛らしいと言われたことは多々あれども、そのように褒められた経験がなかったものだから、頬が熱くなっていく。

「八重さん。君と出会ってから、私の人生は大きく変わった。一人で生きていくのではなく、伴侶がいてくれることの大切さを知ったんだ。誰かを慈しむことも教わった」

毅がにじり寄ってきて、八重の手をきつく握りしめた。

「私がこの世で大切にしたいと思う女性《ひと》は君だけだ」

「え……」

「だから、私は君が自分のことを疵物と呼ぶのが許せない。それは、自分を貶《おとし》める言葉として使っているようにも聞こえる。そんな言葉で、自分を……私の大切な人を傷つけるのはやめてほしい」

彼は至極真面目に言っているのだろうが、八重にしてみれば、熱の籠もった愛の告白のように聞こえてきて、頬だけでなく全身が火照っていく。

「私の言いたいことは分かったかな」

「……毅さん。もう一度、言ってくれますか」

「どこから言えばいい？」

視線を下に向けた八重は毅の手を握り返しながら、もごもごと告げた。

「私の傷は、魅力を損なう理由にならないと……その辺りから、もう一度」

毅が首肯し、一言一句、違《たが》わずに同じ台詞を繰り返した。

「分かったかな」

「……も、もう一度」

「もう一度？」

さすがの毅もおかしいと思ったのか、怪訝そうに眉を上げて、顔を紅潮させながら目を合わせない八重を凝視してくる。

「八重さん。真面目な話をしていたはずだが、どうしてそんなに赤くなっているのかな」

「だって、毅さんの台詞……自分を貶めるなと私を叱っているはずなのに、美しいだとか、大切にしたい女性だとか、そういう言葉も交じっているんですもの。だから……嬉しくて」

「………」

真剣に聞きなさいと叱られるだろうかと、八重が背中を丸めて小さくなっていたら、毅が口元を手で隠す。

「そうか……確かに、面と向かって言ったことがなかったか。あまり意識していなかったよ」

毅はそう言って顔を背けた。顔の下半分は手で隠されていて見えないが、薄らと目元が赤くなっている。珍しいことに照れているらしい。

互いに照れくさくて目を合わすことができず、春風に乗った綿毛のごとくふわふわとした空気に包まれる。

毅が咳払いをして、とにかく、と台詞を継いだ。

「今後、その疵物という言葉は使わないでくれ。分かったかな」

「……はい、毅さん」

「よろしい。それでは、こちらにおいで」

蒲団を捲った毅が横たわり、隣に寝ろと褥を叩いてくる。

八重はいそいそと蒲団に横たわると、毅の腕を枕にしながらぴったりと寄り添って満面の笑みを浮かべた。逞《たくま》しい胸元へと顔を埋めたら、湯上がりの清潔な香りがする。

尻尾を振る子犬のようなじゃれつき具合で毅にくっついていると、八重の髪を撫でていた毅の手が彼女の顎を持ち上げ、唇を重ねてきた。

「んっ……」

八重の背中に腕が巻きついて、ぐるりと視界が半回転する。

仰向けになった彼女の上に毅が覆いかぶさる体勢になり、浴衣の帯を解かれ始めた。

首に吸いついて痕を残していく毅を受け入れていた八重は、ふとあることを思いついて彼の背中をとんとんと叩く。

「毅さん」

「ん？」

「ちょっと起き上がってくれませんか」

八重は、身を起こす毅の腕を引っ張って褥に倒すと、身体の位置を入れ替えた。天井を見上げる体勢で寝転がった毅に馬乗りになって、彼の浴衣の帯に手をかける。

「じっとしていてください」

「……一応、君が何をしているのか訊いておこうか」

「浴衣を脱がしています」

「そのあと、どうするつもりかな」

「いつも、毅さんにして頂いてばかりなので、私も何かできることをしようかと」

深々と息を吐いた毅が身を委ねるのを確認し、八重は帯を引き抜いた。そして、毅の両手を一纏《ひとまと》めにして帯を巻きつけていく。

「待て、八重。何をしようとしているんだ」

「毅さんも以前、私を帯で縛ったではありませんか。こういう方法もあるのだと、櫻子から聞いたのです」

「櫻子さんと、一体どんな話をしているんだ」

「女同士の話です。私たちは、どちらも夫と年齢が離れているので、年下の妻として至らぬ点や、他にも……とにかく色々と相談するのです」

夫との夜の生活については赤裸々に詳細を話すわけではないが、それとなく話題に出ることがある。閨事で困ったことや、分からないことを相談すると、その手の事柄にも詳しい櫻子が知識をくれるのだ。

八重は赤面しつつも言葉を濁して毅の両手を帯で縛った。帯の長さが少し足りずにきつく縛れなかったが、拘束できているのなら問題ないだろう。

毅は緩く縛られた両手を見つめて、ぼそりと言った。

「こんなふうに拘束されたのは初めてだ」

「私も男性の両手を縛ったのは初めてです」

「こんなことを許すのは君だけだよ」

軍では鬼の大隊長と呼ばれている毅が、眉間に深い皺を浮かべている。

「まったく。こんな姿は、誰にも見せられな……」

八重が身を乗り出し、文句を零す毅の口を塞ぐと、彼が目を閉じて大人しく寝転がった。

「ん、んっ……」

拙く唇を押しつけていると、毅の舌が口の中へと入ってくる。それを受け入れて口を吸っていたら、彼は拘束された両手が邪魔にならないように頭上へ持っていった。

「はぁ……ふっ……」

「……ん……」

ちゅっと音を立てながら唇を離し、八重は縛られている夫を見下ろす。

毅は早々に諦めたようで苦笑していた。

「君は幼い頃から悪戯が好きだったな。しかし、まさか、こんな悪戯を覚えるとは」

「悪戯というわけではないのですよ。私なりに、どうしたら……あなたを、よくしてあげられるのかと考えたのです」

「ふむ。それで、これを思いついたと」

「そうです。何と言いますか、その……以前、私も縛られた時……何だか、とても気持ちがよかったので」

八重が唇を尖らせながら言いづらそうに白状すると、毅の顔から笑みがすっと消える。

「毅さんをああやって縛るわけにはいきませんし、帯の長さが足りません。だから、物は試しだと思い、両手を縛ってみたのです」

「……」

「話は終わりです。続きをしましょう。もう一度、接吻してもいいですか？」

「……ああ」

急に毅の口数が少なくなったが、八重は意に介さずに唇を重ねた。拙く口を吸っていたら、毅が縛られた両手を彼女の頭に回して、ぐっと引き寄せる。

「んんっ！　あっ、ん、ふっ……」

一瞬で主導権が奪い取られ、毅が噛みつくように接吻を深めた。捻じこまれた肉厚な舌で口内を嬲《なぶ》られ、彼女の舌も搦め捕っていく。

「はぁ、む……ンン、ンっ……」

八重は両手を褥に突いて身体を支えていたが、あまりに濃厚で淫らな口づけを仕かけられたから、かくんと力が抜けてしまった。彼に乗り上げて口を蹂躙《じゅうりん》されていると、身体が浮いて視界が回る。

一瞬で位置を入れ替えられてしまい、毅は縛られた両手をそのままに、はだけた胸元に顔を押しつけてきた。

「つ、あ……毅さん。今日は、私がっ……」

「縛られることは甘んじて受けたが、大人しくしていると言った覚えはない」

毅は足をばたつかせる八重を体重で押さえこむと、彼女の顔の横に両肘を突いた。

「この状況に不満があるなら、君が自分で何とかしなさい」

「っ、う……」

耳朶を舐められ、首筋を甘噛みされていく。

八重は先ほどの体勢に戻そうと奮闘するが、いかんせん体格差がありすぎて、毅に乗られているとほとんど身動きが取れない。

「毅さんっ……意地の悪いことを、しないでください」

「私を縛って拘束した君のほうが、意地が悪いよ」

「それは……」

八重が答えあぐねた時、下腹部に硬いものが当たった。毅が少し身体を動かすと、布越しにそれがこすりつけられる。

「あっ……」

「八重。自分で、浴衣の帯を解いて」

「私は毅さんを……」

「早くやりなさい」

普段と同じように声は柔らかいが、有無を言わさぬ口調で命じられて、八重は逆らうことができずに浴衣の帯を解いた。

「前を開いて」

言われるがままに浴衣の襟を開いたら、毅が顔の位置を変えて乳房に口を寄せる。

先端をぺろりと舐められ、八重はあえかな声を漏らした。

「あぁ……ん……」

丹念に胸を舐められていくうちに力が抜けていき、八重がすっかり脱力したのを確認すると、毅が再び仰向けに寝転がる。上に乗れと言われて従えば「そうじゃない」と咎められた。

「身体の向きを変えて、こちらに背を向けるように」

「……こうですか？」

「そう。そのまま、尻をこちらに突き出しなさい」

「え？」

「準備をしてあげるから。私は手が使えないし、君が動かないと」

幼い頃から聞いてきた優しい声でそう言われたら、どうにも逆らうことができない。

八重は腹の上に座ると、彼の指示に従って身体の位置を変えた。

「もう少し腰を上げて、私の顔を跨ぐように……そこじゃ舐めることができない」

「跨ぐのは、さすがに……」

「八重」

「うう……」

結局、八重は毅の命令に背くことなく、顔から火が出そうなほどの羞恥を覚えながら、仰向けになっている夫の顔を跨ぐようにして秘部をさらした。

すぐさま濡れた舌が陰唇に触れて、ねっとりと舐められる。

「んっ、あっ……あぁっ……」

すでに愛液が滲み出していた秘裂にしゃぶりつかれ、舌で入り口を拡げられていった。

ひくつく襞《ひだ》を舌でなぞられながら、蜜液を吸われると、お腹の奥がきゅっと締まる。

「ふっ、う……はぁっ……」

八重は毅の硬い腹筋に頬を押しつけて慎ましく喘いだが、手を動かした際に硬いものに当たったので顔を上げた。湯上がりの彼は下穿きを着けておらず、嵩を増した赤黒い男根が上を向くようにして勃っている。

「……ん、ん……」

八重は声を殺しながら手を伸ばし、初めてそれに触れた。両手でそっと包みこんだら、刹那に毅の身体が強張る。

「っ……八重……」

「これ……触っても、いいですか……？」

「……ああ」

掠れ声で短い返答があり、八重は両手で包みこんだそれを、そっとさすった。とても熱くて、硬くて、これが身体の中に入っていたのかと思うと不思議な心地がする。

触れているうちに陰茎の硬さが増してきて、膨らんだ先端からぬめりのある体液が伝い落ちてくる。

これは、八重の身体が濡れるのと同じなのだろうか。

そう思いながら、八重は身を乗り出して彼の逸物に口を寄せていった。太く脈打つ幹におそるおそる口づけると、毅の腹が大きく上下して呻き声が聞こえる。

「うっ……」

もしかしたら、こうすると気持ちがいいのかもしれない。

そう気づいた八重が舌を伸ばし、物は試しだと側面をぺろりと舐めてみた直後、毅が腹筋を使って勢いよく起き上がった。

彼がいきなり動いたものだから吃驚《びっくり》して「あっ！」と声が漏れたが、足を掴まれて身体をひっくり返され、何が起きているのか分からぬうちに褥に押し倒されていた。

「な、何ですか、毅さん……」

毅はもともと緩く結んであった帯を引き千切る勢いで外し、呼吸を荒らげながら八重の足を大きく開かせると、舌で蕩けるほど愛撫した蜜口へと雄芯を突き入れてくる。

奥まで一気に埋められて、八重は背中を反らした。

「ああぁーっ……そんな、いきなりっ……」

「はぁ……は、っ……だめだ……我慢が、できないっ……」

普段の余裕を失くした毅が乱暴に腰を揺さぶってきたので、八重は快楽の嵐の中へと飲みこ

まれた。

「あ、ああっ、んっ、ああ……！」

「八重っ……」

蜜壺の深奥《しんおう》まで突き上げた毅が、乱れる八重の耳元で吐息交じりに囁いた。

「私は……君が、心の底から愛おしい……この世で一番、君が大切で……愛しているんだ……私の、大切な……唯一の女性《ひと》……」

「っ……！」

愛の睦言《むつごと》に驚愕と感動で身を強張らせていたら、彼女をぎゅっと抱きしめた毅が熱を放つために動きを速くする。

「あ、ああっ、ああ……」

欲望の波間へと力づくで引き戻されて、何度も奥をがつがつと突かれたあと、毅は耐えることなく溢れるほどの子種を注いできた。

お腹の奥で脈打つ雄芯を感じながら、呼吸が整ってきた頃に、八重は涙で歪む視界に毅を捉えて震える唇を開いた。

「私、も……あなた、を……愛、し……っ……」

とても大切なことを告げようとしているのに、それ以上は言葉にならない。

ぼろぼろと溢れてくる涙を拭うこともできなくて泣いていたら、肩で呼吸をしていた毅がそっと目元を拭ってくれる。

八重が言いたいことを察してくれたのか、彼はいつもの優しい声で言った。

「大丈夫、分かっているよ」

慈しむように髪を撫でられて涙が止まらなくなった。

「私……十二の、頃から……ずっと、あなたを……お慕い、しているんです」

「うん」

「だから、私を愛おしいと……唯一の女性だと、言ってくれたことが……嬉しくて……」


――私はあなたにとって唯一の女性になりたいのです。


いつか、そんな言葉を彼に向かって投げかけたことがある。

十六も年上の男の人に、ずっと恋をしていた。

そんな彼と夫婦になって、愛されていることを実感しながらも〝愛している〟とは言葉ではっきり聞いたことがなかったから、八重はとても嬉しかったのだ。

毅が苦笑しながら、額をこつんと当ててきた。

「何度も言っているはずなんだが」

「……いつですか？」

「閨の中で」

「そんなの、覚えていられません……いつも、途中から、何が何だか分からなくなってしまいますもの」

「すまない。しっかり言ってあげるべきだった」

「そうですよ……本当に、乙女心が、分かっていらっしゃらないのね」

「私は昔から乙女心に疎い朴念仁なんだ。どうか、許してくれ」

甘やかすような唇が落ちてきて、八重は許すと応える代わりに、彼の首に腕を巻きつけて接吻を受け入れた。


「毅さん。手を貸してください」

差し出された武骨な手を取り、櫻子からもらった紅い髪紐を小指に巻きつけていく。

愛らしい蝶々結びにしたら、毅も八重の小指に紐を結んでくれた。

そして、二本の紐の端を結びつけることで、二人の小指は紅い糸で繋がった。

「毅さん」

「八重さん」

二人は名前を呼び合い、指を絡めて手を繋ぎながらゆっくりと顔を寄せる。吐息を分け合うように唇を重ねた。

八重の小指に結ばれた紅い糸の先にいる運命の人は、十年前に出会った許嫁——今や夫となった年上の男の人だった。

蝶々結びの恋は成就して、あとはただ、幸福な未来が待ち受けているだけだろう。

◆◇◆◇◆

春麗らかな、とある日のこと。

八重は足早に廊下を歩きながら夫を捜していた。

「毅さーん。どちらにいらっしゃるの？」

今日は毅が非番で、週に二度、実家の店に働きに出ている八重も休みだった。

そして今宵は、毅の部下である真壁少尉が中尉に昇進したため、その昇進祝いとして夕餉に招くことになっている。友人の山川少佐も妻を連れて訪れる予定なので、その件で相談したいことがあるというのに肝心の夫の姿が見当たらない。

毅を捜し回っていた八重は、とうとう日当たりのいい客間の一室で寝転がっている彼を発見した。

「毅さ……」

彼を呼ぼうとした八重は口を閉ざす。

寝転がっているのは毅だけではなかった。彼の両脇には幼子が一人ずつ眠っている。八重と毅の間にできた双子の娘と息子だ。二人とも今年で四歳になる。

ちなみに双子が生まれた時、

「幸福が、一気に二つもやってきた」

と、毅は感極まった表情で言って、八重をきつく抱きしめてくれた。

その双子は毅に大層懐いており、今も父親にくっついて健やかな寝息を立てている。

毅もまた、幸せそうに仰向けで眠っていた。最近、仕事が忙しくて家でゆっくりできる時間がなかったから、休みがてら双子に構っていたら寝てしまったのだろう。

こんな姿を見てしまったら起こすことができないじゃないか。

八重は周りに女中がいないのを確かめると、夫と子供たちに寄り添うようにして寝転がる。

ぽかぽかとした日射しの中、心地よい微睡みに落ちたら、優しく髪を撫でられた。

「……誰かと思ったら、君だったか」

眠くて目を開けられずにいると、額に柔らかい感触があった。

「なんとも幸福なひとときだ……私も、もう一眠りしよう」

そんな毅の声が聞こえて、八重は夢現の間で微笑んだ。

葛城邸に住まう夫婦と二人の幼子は寄り添い、それからしばらく春の眠りを堪能した。

それは、とある春の日に垣間見えた、ある家族の幸福なひとときである。

鬼の目にも涙だと、
春告げ鳥が言祝いで

帝都を騒がせた放火犯が捕まって数ヶ月が経過した。

冬の寒さは和らぎ、気候も春めいてきたが、未だに朝夕の寒暖差が激しい。日が落ちるとかなり冷えこむため、まだ火鉢が必要だった。

八重は荒い呼吸をしながら、唇を甘噛みしてくる夫――毅の背中に腕を回した。

屋敷も寝静まった夜半。

夫婦で過ごす蒲団の中では火鉢がなくとも温かい。

甘い睦み合いがひとたび始まると、寒さは忘却の彼方へ飛び去り、熱く火照った素肌を押しつけ合うことになる。

「あ、っ……毅、さん……」

あえかな呼びかけは淫蕩な口づけによって遮られた。

毅の舌がそろりと口の中へと挿しこまれて、八重の舌を絡めとっていく。

「……ふ、っ……ん……」

「八重……」

毅が甘く掠れた声で名を呼び返してきた。筋肉質な腕で八重を抱きしめながら反応を窺うように身体を揺らす。

雄々しく脈打つ逸物で奥をつつかれて、さざ波のごとく快楽が押し寄せた。

八重は婀娜っぽく身をくねらせて夫の背に爪を立てる。

気をやってしまうと弱々しい声で訴えたら、睦み合いに没頭していた毅が動きを止めた。

「いいよ……好きなだけ、気をやりなさい」

「……でも……毅さんは、まだ……」

毅はこの営みを始めてから一度も熱を放っていない。

ひたすら八重ばかりを愛撫し、幾度となく高みへ導こうとする。

心地よさに身震いしながら夫の首に腕を巻きつけたら、毅が不穏なことを囁いた。

「私は、まだいい……明日は非番だし、ゆっくり君を抱きたいから」

ゆっくり、と言われても、この行為を始めてから結構な時間が経っている。

毅も軍人だから体力があるのは承知しているが、今日も朝から出勤していたし、夜更けまで睦み合いに耽っても平気なところには驚いてしまう。

八重は瞠目しつつも、再び動き始める夫に身を委ねた。

妻の従順な反応に満足したらしく、毅もたっぷりと甘い接吻をくれた。

日頃、過保護なほどに八重を甘やかすのに、閨に入ると我が物顔で覆いかぶさっている毅は雄めいた迫力がある。

口づけのあとに、ぺろりと唇を舐める仕草にも男らしい色気があった。

どうして、私の夫はこれほどに色っぽいのだろうか。

八重はそう心の中で零して悩ましげに息をつく。

「はぁ……また、毅さんが……お色気お化けだわ」

「ん？　何だって？」

「……何でもありません」

目をぱちくりとさせる毅を抱き寄せて、逞しい首筋へと顔を寄せた。

八重がだんまりを決めこむと、毅は苦笑して火傷の痕がある背中を撫でてくれた。


夫婦の営みを終えて、うとうととしていた八重は薄らと目を開けた。

先ほどから、なんだか柔らかいものが背中に触れている。

怪訝に思って後ろを見ると、毅が労わるように背中に口づけていた。

蛇がのたくったかのような火傷の痕へと何度も唇を押し当て、手拭いで肌を拭いてくれる手つきも丁寧だ。

事後はいつも余韻でぼんやりしてしまうので、毅が汗ばんだ身体を清めてくれるが、その合間に彼はよくこうして八重の背中に触れる。

普通であれば、こんな醜い痕には触れることすら厭うはずなのに――。

そこまで考えて、八重はゆるりとかぶりを振った。

実際に火傷の痕を見ても、毅は厭うどころか「君は綺麗だよ」と言ってくれたのだ。

だから、八重も背中に残る火傷を醜いと言ったり、自分を疵物だと言うことはやめた。

毅は手際よく身体を拭き終えると、畳に落ちている浴衣を拾って肩にかけてくれる。

「腕を持ち上げて」

「……自分で着られますよ」

「いいから」

柔らかい声で促されたから、八重は素直に腕を持ち上げた。

毅は甲斐甲斐しく浴衣の袖を通してくれて、しっかりと帯まで締めてくれる。

「八重。寝る前に、水を飲むかい」

「はい……いただきます」

枕もとに用意してある茶瓶の水を湯呑みに注いで手渡され、八重は喉をさすってから冷たい水で喉を潤す。

濃密な交わりによって汗をかいていて、散々啼かされたので喉がからからなのだ。

「もう一杯飲む？」

「いいえ。これで十分です」

「そうか。では、もう寝よう」

毅は飲み終えた湯呑みを取り上げると、欠伸する八重を抱きかかえて寝床に横たわった。

温かい腕に包みこまれたので、八重は微笑みながら彼の胸に顔を押しつける。

「毅さん。あまり、私を甘やかさないでくださいな」

「君を甘やかしたらいけないのかい？」

「だって、甘やかされるのに慣れてしまいそうですもの」

「慣れたって構わないだろう。それに、妻を甘やかすのは夫の特権だよ」

またしても毅の声が糖蜜のごとく甘くなった。

どうやら、八重が何を言おうともとことん甘やかすつもりらしい。

これ以上は聞き流されるなと確信したので、諦めた八重も夫に甘やかされることにして、包容力のある腕の中へもぐりこんだ。

それから一週間もすると冬の気配が遠ざかり、日射しが春めいてきた。外からホーホケキョと春告げ鳥の鳴き声も聞こえるようになり、枯れ落ちた庭の木々はあちこち芽が出始めた。

そんな折に、櫻子が茶菓子を持って屋敷を訪ねてきた。

「ごきげんよう、八重。ほら、あなたの好きな大福を買ってきたわ」

玄関に入るやいなや、櫻子は澄ました顔で風呂敷を差し出してくる。

八重はにっこり微笑んで大福を受け取り、友人を日当たりのいい客間へ案内した。

櫻子とは定期的に会うようにしていた。それぞれ夫の許可をもらい、お互いの屋敷を行き来してお茶を飲むのが最近の楽しみだ。

今日は天気がいいので、二人で縁側に座って、櫻子の買ってきてくれた大福をお茶請けに談笑する。

年上の夫とのやり取りや、日々の他愛ない話題で笑い合っていると、まるで学生時代に戻ったような感覚がした。

ひとしきり笑い合ったあとで、八重はぽつりと零す。

「櫻子が友人でよかったわ」

「あら、出し抜けにどうしたの？」

「嫁いだあとも、こんなふうに話をして笑い合える相手なんて、なかなかいないでしょう」

「確かに、そうかもしれないわね。嫁いだら夫と嫁ぎ先の家が最優先になるし、友人に会うためだけに外へ出るなんて、そうそうできないでしょうから」

「ええ。それに、櫻子には感謝もしているのよ」

八重は友人の手を取って、ぎゅっと握りしめた。

「あの火事のあと、たくさん私を励ましてくれたでしょう。それに、あの放火犯に攫われた時だって、櫻子の機転で私は助けられたんだもの。本当にありがとう」

「……あら。別に、たいしたことじゃないわ。友人なんですもの。大変な時に励ますのは当然でしょう。放火犯のことだって、犯罪行為を見過ごすわけにはいかなかっただけよ」

櫻子は取り澄ました口調で言ってのけたが、実際、彼女がいなければどうなっていたのか想像するだけでも恐ろしい。

火事に遭ったあとも、櫻子に励まされたことで八重は前向きになれたのだ。

笑顔で見つめていたら、櫻子は照れたように顔を逸らした。

「八重ったら、そんなに見つめないで。あなたのぶんの大福まで食べてしまうわよ」

「ああ、だめよ。それは私が食べるんだから」

お皿に乗った大福をとられそうになったので、慌てて自分のぶんを確保する。

呆れたように笑っている櫻子を横目に、八重はもちもちの求肥を指で摘まんで口へ運んだ。

しかし、餡子の甘みが口内に広がった瞬間、何とも言えない気持ち悪さがこみ上げた。

どうにか咀嚼して飲みこんだものの、ひどい吐き気に襲われる。

一口食べただけで皿を戻して、お茶で味を消そうと試みたが、餡子の甘ったるさが舌に残って気分が悪い。

八重は食べかけの大福を怪訝そうに見つめたが、餡子の風味が蘇った途端に嘔吐感がしたので、ふらふらと立った。

「八重？」

「……ごめんなさい、櫻子。ちょっと席を外すわ」

覚束ない足取りで厠へ向かい、嘔吐感が消えるまでしばらく休んだ。

ぐったりとしながら縁側へ戻ると、櫻子が女中の志乃と話をしていて、青ざめた八重を見るなり腰を浮かせた。

「あなた、ひどい顔色をしているわよ。もしかして体調が悪いの？」

「……ええ、そうみたい。少し、吐き気がして……だけど、もう大丈夫よ」

櫻子の隣に座ろうとしたが、置きっぱなしの大福を見たらまた気分が悪くなってきた。

胸のあたりをさすって深呼吸していたら、志乃が心配そうに顔を曇らせる。

「八重様。季節の変わり目ですし、お風邪を召されたのではありませんか？」

「どうかしら……熱っぽいとか、そういうわけではないんだけれど……うっ……気持ち悪い」

「まさか、私が買ってきた大福が傷んでいたのかしら。それで、あたったとか？」

「まだ一口しか食べていないけれど……ああ、だめ……ちょっと、お皿を遠ざけて」

前屈みになって息を整えていると、背中をさすってくれていた志乃がはたと動きを止めた。

食べかけの大福を見つめていた櫻子の眉もぴくりと動く。

「待ってちょうだい、八重。あなた、大福を食べただけで気分が悪くなったんでしょう」

「ええ、そうよ」

「大福の包みを見ただけでも、目の色を変えるほど大好物なのに」

「まぁ、そうね」

利発な友人と察しのいい女中が視線を交わした。

「すぐに医師を呼びましょう。もし体調が悪いだけでしたら、それでよろしいですもの」

「医師ですって？　志乃、そこまでしなくても……」

「八重。医師の診察を受けなさいな」

櫻子が声色を和らげて、胸をさすっている八重の肩を撫でてくる。

「あなた、もしかしたら──」

続いて友人が発した言葉に、八重は仰天して声が出なくなった。

◇

毅は風呂敷包みを片手に葛城家の門をくぐった。

すでに日は暮れて肌寒いが、ここのところ日に日に暖かくなっているので、あと二週間もすれば桜も開花するだろう。

満開になったら花見をしに行くのもいいなと考えながら玄関へと向かった。

風呂敷包みの中身は、八重が好きな大福だ。仕事が早めに終わったので、帰りに紫苑堂に寄って買ってきたのである。

八重が嬉しそうに風呂敷を受け取る姿を想像しつつ玄関を開けた。

「おかえりなさいませ、毅様」

「ただいま、志乃」

女中頭の志乃が出迎えてくれたが、八重の姿がない。

いつもは嬉しそうに廊下の向こうからやってくるはずなのに、その気配もなかった。

「八重さんはどうしたんだ」

「今はお部屋で休んでおられます」

「休んでいる？　体調でも悪いのか？」

「それについては、私からは申し上げにくく……八重様からお聞きくださいませ」

志乃が歯切れの悪い口調で返答を濁した。

毅は眉根を寄せたが、土産の風呂敷を志乃に手渡して八重の部屋へ向かう。

八重が体調を崩すことはあまりない。志乃も言葉を濁していたので心配になってきて、つい歩調も早くなった。

間もなく部屋に到着したので一声かけてから入ると、八重は蒲団に寝転がっていた。

毅を見るなり、彼女は慌てたように起き上がる。

「毅さん、おかえりなさいませ。出迎えもせずに、申し訳ありません」

「構わないよ。具合が悪いのなら寝ていなさい」

立ち上がろうとする八重を蒲団に戻し、毅は傍らで胡坐をかく。

「それで、いったいどうしたんだ。君が体調を崩すなんて珍しいだろう」

「……ええと、それは……」

八重が言いづらそうに口ごもった。何故か赤面して耳の先まで朱色になっている。

妙に顔が火照っているし、まさか風邪でも引いたのだろうか。

だが、ただの風邪ならば口ごもる理由は解せないな……と、毅は真剣に考えながら根気よく妻の返答を待った。

肝心の八重はというと、落ち着きなく視線を泳がせてから切り出す。

「その、何と言いますか……今日、櫻子が屋敷へ来まして、その時に紫苑堂の大福を買って来てくれたのです。でも、一口食べただけで気分が悪くなってしまって……」

「腹を下したということか？」

「いえ、そうではないんですけれど」

「……しまったな。私も紫苑堂の大福を買って来てしまった」

ぼそりと呟いたら、一瞬で八重の顔が輝いた。

しかし、すぐ我に返ったように目を瞬いて、眩い笑顔を消してしまう。

「そうでしたか……とても嬉しいのですが、今は食べるのは厳しいかもしれません」

「まぁ仕方ないな。それで結局、腹を下したということでいいのか？」

「いいえ」

八重が即座に否定して、のろのろと起き上がった。すかさず肩を抱いてやると、寄りかかってきた彼女が胸元をさすりながら長々と息を吐き出す。

毅は力なく凭れかかってくる八重を見下ろした。

枕もとに置かれた白熱電灯のもと、よくよく見るとさっきまで血色のよかった彼女の顔が紙のように白くなっている。

少し動くだけでも億劫そうで、気分の悪さを堪えているようだ。

「お腹を下したわけではありません。医師も呼んで、診察してもらいました」

「診察結果は？」

「……それが――」

またしても八重が口を噤んで、言葉を選ぶように目線をうろうろさせている。

診察結果を告げるだけで、何故こうも言い淀むのか――毅は両目を細めながら尋ねた。

「もしかして、何か大病だったのか？」

一度目よりも元気よく「いいえ！」と否定された。

「そうではないのです……毅さん。手を貸してくださいな」

言われた通りに手を差し出したら、八重がその手をとって自分のお腹へと添えた。

彼女は火照った顔で毅の顔を見つめると、意を決したように告げる。

「私、どうやら懐妊したようなんです」

その瞬間、毅の思考は停止した。

たとえ戦地で急襲を受けたとしても冷静沈着でいられる自信があるのに、最愛の妻の一言で動揺し、まったく頭が働かなくなる。

八重が秋の紅葉のような顔色で反応を窺っているが、それを見つめ返すことしかできない。

懐妊――つまり、八重の腹に新しい命が宿ったということだ。

では、一体誰の子供だ？

夫である毅の子供に決まっている。

子供……子供？　待て、本当に子供ができたのか？

顔には一切出さなかったが、内心うろたえながら脳内で無意味な問答を繰り広げた。

八重と私の……と口を動かしてから、毅は額を押さえて項垂れた。

「あの、毅さん？」

「…………い……」

「え？　何ですか？」

聞き取れなくて目を瞬かせる八重の手を掴み返して、腕の中へぐいと抱き寄せた。きつく抱きしめながら掠れた声で言う。

「嬉しすぎて……何を言えばいいか、分からない……」

まったく情けないことに、こんな時に言うべきはずの言葉が思いつかない。

八重のお腹に新しい命が宿った。

その事実を頭で理解した瞬間、ただただ嬉しくて堪らなくて視界まで潤んできた。

しばらく八重の肩に顔を押しつけていたら、彼女がそっと身を離して顔を覗いてくる。

真っ赤な顔と、涙目になっているのを見られてしまい、もしかしたら笑われるかと思ったけれども、八重は笑うどころか顔をくしゃりと歪めた。

「喜んでくださっているのね」

「……当たり前だろう」

「ああ、よかった……」

彼女が心底安堵したように呟いて抱きついてくる。

それを抱き留めて、本当に情けないことだと、毅は心の中で愚痴った。

職場では鬼の大隊長と呼ばれているというのに、妻が身ごもったと知っただけで涙腺が緩んで涙が溢れそうだなんて。

こんな姿は彼女以外の誰にも見せられない。

「……八重さん、よくやった。そして、おめでとう」

祝いの席を設けないといけないなと囁いたら、毅と同様に涙を堪えていた八重もようやく微笑んだ。

「はい、毅さん」

「これからは、君とお腹の子供、どちらも私が守らないと」

「あまり過保護にはならないでくださいね」

「なるよ。より一層、甘やかそう」

「甘やかすのも、ほどほどにしてください。子供を産んだら、私も母親になるんですもの」

「確かに、そうだが……その前に、君は私の妻だ。私でなければ、誰が君を甘やかすんだ」

八重は返答に窮したらしく真っ赤な顔で黙ってしまった。

それを満足そうに確認してから、毅は愛らしい妻に頬ずりをした。

「よし。やはり甘やかそう」

「……毅さんには勝てないわ」

降参した八重が開き直ったように頬ずりを返してきたので、毅は破顔一笑しながら彼女に甘い接吻をした。

◇

八重は居間の机の前で、白い大福の乗った皿とにらめっこをしていた。

これは食べられるかもしれないと思うが、餡子を頬張った瞬間の吐き気を思い出して躊躇う、というのを繰り返している。

試しに齧ってみようかしらと口を開けてみたものの、途中で無理だと判断して、断腸の思いで皿を置いた。

「……毅さん、どうぞ。大福はあなたが食べてください」

隣で頬杖を突いて、一部始終を愉快そうに見守っていた毅が目を瞬かせる。

「やはり無理だったか」

「ええ、難しそうです……甘いものは、どうも気分が悪くなってしまって」

「そうか。悪阻は大変だな」

毅が慰めるように肩を叩いたあと、その手をひょいと皿へ伸ばした。

大好物の大福なのに彼に食べられてしまうのねと、悲しい目で見守っていると、毅は皿を横へと移動させた。

「これは、君が午睡でもしている間に食べよう」

「気を遣ってくださらなくてもいいんですよ」

「八重さんに、そんな悲しそうな目で見られたら食べられないよ」

毅が指の背で頬を撫でてくる。

「食べられるようになったら、また、たくさん買ってこよう」

「……はい、ありがとうございます」

甘やかすのが上手な夫が笑いかけてきたので、八重も笑みが零れた。

見つめ合っていたら、手を取られて指を絡められる。

いつかの夜、小指に紅い糸を結んで手を繋いだ時のように、八重は自然と彼のほうへと顔を寄せていった。

吐息を分け合うみたいに唇を重ねた時、外では春告げ鳥が言祝《ことほ》ぐように、美しい鳴き声を響かせた。

櫻子と有栖川侯爵

八重の懐妊を知った翌日、櫻子は屋敷の窓辺で物思いに耽っていた。

祝いの言葉は送ったけれども、せっかくだから八重に何か贈り物をしたい。

だが、何がいいのかはすぐに思いつかない。赤子を育てるための支度は不要だろうし、八重の欲しがるものと考えてみても、思い浮かぶのは大福だった。

「大福を食べて懐妊に気づくなんて、あの子らしいわね」

気分が悪そうだった八重には申し訳ないが、つい笑みが零れてしまう。

櫻子にとって、八重は大切な友人だ。明るく溌溂とした性格で、気難しくて融通の利かない櫻子とも親しく接してくれた。

大火傷をした際も、八重は過酷な治療に耐え抜いた。

火傷の治療がどれほどつらいものだったのか、本人の口から聞いたことはない。

ただ足繁く見舞いに通った櫻子は、八重が両親に見られないように陰で泣いているのを何度も見かけた。

痛みだけではなく、大好きな婚約者との離別によって悲しむ姿も見守ってきたのだ。

だからこそ、八重と愛する夫との間に子供ができたことは喜ばしい。

相手の毅に思うところはあれども、八重のことを大事にしているのは知っているから、櫻子は黙って見守っている。

「……ああ、そうだ……あの子が洋装をしている姿は見たことがないわ」

八重に似合う洋装を見繕ってあげようか。妊娠していても、ゆったりと着られるような服もあるだろう。場合によっては着物より楽に過ごせるはずだ。

そう思い立った時、ノックの音がした。

ドアの向こうから低い美声が聞こえる――櫻子の夫、有栖川侯爵の声だ。

「櫻子。今日は天気がいいし、私も仕事が早めに終わったんだ。一緒に街でも行かないか」

侯爵は事あるごとに外へ連れ出してくれる。

かなり年が離れているため、櫻子も夫との接し方に戸惑う時期があったが、今では大らかな有栖川侯爵にほだされていた。

夜の営みが多くないので子供はまだいないけれども、夫婦円満だ。

「ええ、ぜひご一緒させてくださいな」

外套を手に取った櫻子は部屋を突っ切ってドアを開ける。

廊下には有栖川侯爵が立っていて、櫻子の顔を見るなり「おや」と首を傾げた。

「昨夜から思っていたが、なんだかご機嫌だね。何かいいことでもあったのかい？」

そういえば、まだ八重の話はしていなかったか。

櫻子は緩んだ顔を撫でてから、興味津々な夫の腕に手を添えた。

「ええ、とてもいいことがありましたわ。のちほど、お話しします」

「なるほど。よほど、いいことがあったようだね」

支度を整えてから腕を組んで玄関へ向かう。

外にはすでに自動車が待機していたので、侯爵に手を取られて後部座席に乗りこんだ。

窓を開けると爽やかな春の風が入ってくる。

櫻子は笑みを深めながら、動き出す自動車の中で友人の懐妊を伝えた。

すると、少し考えこむ素振りをした侯爵が櫻子の手をぎゅっと握りしめた。

「とても喜ばしいことだね。しかし、なんだか羨ましくなってきた……どうかな、櫻子」

私たちも、そろそろ本気で子供を作ってみないか。

予想外の提案だったため、櫻子は頬に朱を散らして絶句した。

それを見た侯爵が笑って抱きしめてきたから、絞り出すような声で「ええ」と答えるので精一杯だった。

友人の幸せそうな姿を見守ってきたけれど、今度は自分にとっての新たな幸せを求めるのもいいかもしれないと、そう思って――。

自動車のエンジン音に紛れて、どこからか春告げ鳥の鳴き声がした。

あとがき

こんにちは、蒼磨奏《あおまそう》です。このたびは二〇二一年に発行された『帝都初恋浪漫　〜蝶々結びの恋〜』を紙書籍化する機会をいただきまして嬉しい限りです。

読者の皆様が応援してくださったお蔭です。ありがとうございます！

大正時代が舞台なので、年齢差のある許嫁や過去、疵物における考え方など現代とは違った受け取り方になるかもしれませんが、その違いも楽しんでもらえたらと思います。

書き下ろしの番外編は二つあります。八重の誘拐事件から数ヶ月後の後日談と、友人である櫻子の物語となっているので、ぜひ本編のあとにお読みください。

そして、改めて森原八鹿《もりはらようか》先生のイラストを見返したのですが……繊細で美しいイラストを描いていただけて本当に感謝しております。

紙書籍化にあたって担当さんにもお世話になりまして、まことにありがとうございます。

また、本作は橘花明《たちばなあき》先生によってコミカライズもされています。可愛らしい八重と格好いい毅さんがいますので、そちらも合わせてお楽しみいただけたら嬉しいです。

それでは、お手にとってくださってありがとうございました！

蒼磨　奏

ロイヤルキス文庫 more をお買い上げいただきありがとうございます。
先生方へのファンレター、ご感想は
ロイヤルキス文庫編集部へお送りください。

〒102-0073　東京都千代田区九段北3-2-5　5F
株式会社Jパブリッシング　ロイヤルキス文庫編集部
「蒼磨 奏先生」係　／　「森原八鹿先生」係

✦ロイヤルキス文庫HP✦ http://www.j-publishing.co.jp/tullkiss/

Royal Kiss more

帝都初恋浪漫
～蝶々結びの恋～

2023年12月30日　初版発行

著　者　蒼磨 奏

発行人　藤居幸嗣

発行所　株式会社Jパブリッシング
〒102-0073　東京都千代田区九段北3-2-5　5F
TEL　03-3288-7907
FAX　03-3288-7880

印刷所　中央精版印刷株式会社

ISBN978-4-86669-633-1　Printed in JAPAN